Sonya
ソーニャ文庫

狂奪婚《きょうだつこん》

春日部こみと

JN132245

イースト・プレス

contents

序章　別離

ルイーザは泣いていた。

悲しくて悲しくて堪《たま》らない。

皇女は人前で泣いてはいけないのだけど、今日は我慢ができなかった。

この世で一番大好きな、誰よりも大切なガイウスと離れ離れになってしまうからだ。

紫水晶《アメジスト》のようなすみれ色の瞳から大粒の涙をぽろぽろと零し、ルイーザはガイウスの腰に抱き着いて小さな頭を何度も横に振った。そのたびに、柔らかそうな白金髪《プラチナブロンド》がふわふわと揺れる。

「いや、いや！　どうして、おとうさまのところへかえらなくちゃいけないの？　わたくしはガイウスのつまでしょう？　ヴァレンティアへおよめにきて、ちゃんとガイウスとけっこんしきだってあげたのに。シャリューレにかえるなんて、おかしいわ。いやよ。わたくし、ガイウスとここにいたいの」

去年、ルイーザはガイウスと結婚した。それは政略結婚というもので、ルイーザの父が皇帝であるシャリューレ神聖国と、ガイウスの父が治めるヴァレンティア公国との間で決められたことだった。

わずか六歳での輿《こし》入れに、母や乳母たちは「可哀想に」と嘆き悲しんだし、ルイーザ自身も最初は不安でいっぱいだったけれど、夫になったガイウスは、一見ぶっきらぼうに見えてとても心優しい少年だった。

ルイーザとガイウスは少しずつ仲良くなっていき、結婚して一年経った今では、常に一緒にいるくらい、お互いになくてはならない存在になっていた。

ルイーザはガイウスが大好きだ。

ガイウスの真っ黒な髪も、柔らかな灰色の瞳も、抱き締めてくれるあたたかい腕も、優しい笑顔も、全部一番大好きで、手放せないものだ。

ガイウスとだったらどこにだって行ける。どんなことでもがんばれる。

だって、ガイウスと一緒なら、なにをやっても楽しいし、嬉しいから。

こんなに好きになった人は初めてだ。

（おとうさまより、おかあさまより、それにそれに、おにいさまたちやいもうとたちよりも、ガイウスが、いっちばん、すき！）

そう思っていたのに。

ある日突然、ルイーザは父の国へ帰されることになったのだ。

『今までよく頑張りましたね、皇女様。これまでのお務め、本当に感謝いたします。お父上とお母上が待っておられますよ。どうぞお国にお戻りください』

ガイウスの父であるヴァレンティア公が、笑いながらルイーザの頭を撫《な》でて言った。

なにがなにやらさっぱり理解できず、ルイーザはただ『帰りたくない』と訴えたが、ヴァレンティア公は困った顔をするばかりで、『帰らなくていい』とは言ってくれなかった。

そして周囲の大人たちによってルイーザは帰国の準備を整えられ、あっという間にシャリューレ神聖国に戻される前日になってしまったのだ。

明日にはいよいよシャリューレへ向かう船に乗せられてしまう。

どうしていいかわからないルイーザは、朝食が済むと、午前中の授業の準備をしていたガイウスの腰に飛びついてさんざん泣きじゃくった。

帰りたくない、一緒にいたい――だが、そう何度繰り返しても、ガイウスはルイーザの背中を撫でるだけで、なにも答えてくれなかった。

本当は、ルイーザもわかっている。

ヴァレンティア公であるガイウスの父と、シャリューレ神聖国の皇帝であるルイーザの父が決めたことだ。もう誰にも覆せない。

ガイウスにもできることはないのだ。

「……僕も、離れたくない。けれど、どうしようもないんだ。泣くな、ルイーザ」

ガイウスが途方に暮れた顔をして言う。彼の方まで泣き出しそうな声だった。

(……ガイウスも、かなしいのね……)

離れ離れになるのを彼も悲しんでくれているのだと思うと、少しだけ我慢ができそうな気がしてくる。だってルイーザは、ガイウスが悲しいと自分まで悲しくなってしまうからだ。ガイウスを悲しませないように、泣くのをやめなくては。

ルイーザは涙でぐしゃぐしゃになった顔を上げて、「なきやむわ。でもそのかわりに」と前置きをしてから駄々《だだ》を捏《こ》ねた。

「きょうはいちにちじゅう、ずっとガイウスといっしょにいたい」

最後のルイーザのわがままに、ガイウスは眉を下げて微笑み、「いいよ」と言ってくれた。

その笑顔に、ルイーザは胸がちくんと痛んだ。

ガイウスはあまり笑わない。生みの母を継母に殺されてから、上手く笑えなくなったのだと教えてくれた。ルイーザと二人きりの時にだけ自然と笑えるようになっていたけれど、他の人の目がある時には、ガイウスはぎこちない笑みしか作れない。

それなのに無理をして微笑んでくれたのは、今日が『最後の特別な日』だからだ。本当にこれが最後の逢瀬《おうせ》になるのだと実感させられて、ルイーザは悲しくて、苦しかった。

いつもは厳しいガイウスの教師たちも、今日が二人で一緒に過ごせる最後の日だとわかっているのか、二人が手を繋《つな》いで外へ飛び出していくのを、なにも言わずに見送ってくれた。

二人の後を、ガイウスの飼い犬であるホフレが追いかけてくる。

ホフレは大型の猟犬《りょうけん》で、立ち上がるとルイーザよりも大きい。じゃれつかれてのしかかられると潰されてしまうほどだ。賢く優しい性格で、主であるガイウスに従順なため、ルイーザにもとても懐《なつ》いてくれている。

主を守るようにすぐ傍を歩くホフレに、ルイーザは「いい子ね」と囁《ささや》いた。ルイーザも、夫に忠実なこの大きな犬が大好きだった。ガイウスと二人きりになりたいけれど、ホフレだったら構わない。ホフレはこれまでもずっと自分たちに寄り添ってくれたから。

ルイーザには行きたい場所があった。

このヴァレンティア城の中で、ルイーザが一番好きな場所——北の庭だ。

ヴァレンティア城はあまり大きな城ではないけれど、それでも東西南北にそれぞれ庭を配している。北の庭はその中でも最も小さく、花といえば大きなリラの木が一本あるだけの質素なものだった。

だが、ここはルイーザの大切な思い出の場所なのだ。

北の庭へ辿《たど》り着くと、満開のリラの木から甘い芳香が漂ってきていた。その香りを胸いっぱいに吸い込むと、ルイーザは瞼《まぶた》を閉じて一年前を思い出した。

ヴァレンティアへ嫁いできてすぐは、不安で寂しくて、毎日ここに来てこっそり泣いていた。城の一番奥まった場所にあるこの庭なら誰も来ないと思っていたからだ。

周りの大人たちはルイーザに冷たく、慇懃《いんぎん》な言葉と態度でルイーザを遠ざけた。ルイーザの話は聞き流され、誰も相槌《あいづち》すら打たない。父や母のように、ルイーザの話を聞いて笑ってくれないし、寝る前にお休みのキスもしてくれない。

ルイーザは毎日ただ着替えさせられ、食事を与えられ、夜になればベッドへ追いやられた。

まるで自分の存在がなくなってしまった気分だった。

奇妙で、悲しくて、シャリューレに帰りたくて、心の中で何度も父と母に呼び掛けた。でも当然、父も母も返事をしてくれないし、助けにも来てくれなかった。

それでも、ルイーザは皇女だ。人前で泣いてはいけない。

(おとうさまとおかあさまは、ないちゃだめっていっていたもの)

皇帝の娘として生まれた以上、下の者には恩恵をもたらす存在でなければならない。恩恵とは笑顔や優しさであり、怒りや悲しみではないのだと、両親は子どもたちに教えた。

だからルイーザは、悲しくても寂しくても、決して人前では泣かなかった。

皇女は笑顔でなければならない。皆の前では笑ってみせて、どうしても我慢できなくなったら、ここでこっそりと涙を流していたのだ。

その日も両親が恋しくて、ルイーザは一人このリラの木の下で蹲《うずくま》って泣いていた。

するとそこにガイウスが現れたのだ。

ルイーザは彼に見つかった時、「しまった」ととても焦ってしまった。

何故なら、この頃の二人の仲はまだぎこちなく、どちらかというとぶっきらぼうでそっけない印象の彼を、ルイーザは怖い人だと感じていたからだ。

ガイウスを最初に見た時は、なんてきれいな男の子だろうとびっくりした。艶やかな黒い髪に、お人形のように整った顔立ち。これまで会ったことある誰よりも美しくて、こんな人が自分の夫になるのだと思ったら、ワクワクして楽しみだったのを覚えている。

だがそのワクワクはすぐにガッカリに変わった。

ガイウスはルイーザに冷たかった。ルイーザが笑うと、なにかいやなものでも見たように顔を逸《そ》らしたし、口をきこうとしなかった。嫌われてしまったのかと悲しくなったけれど、彼は誰に対しても同じ態度だったので気にしないことにした。

そんなガイウスだったから、泣いているところを見つかって、とても狼狽《うろた》えてしまった。またあのいやな顔をされるのではないかと思ったからだ。ルイーザは気にしないふりをしていたけれど、誰かにいやな顔をされるのはとても悲しい。

けれど、この時のガイウスはいやな顔をしなかった。

それどころか、ルイーザの傍にやって来て、頭を撫でてくれたのだ。

わしわしと少し乱暴な仕草は、まるで犬にでもするような撫で方だったけれど、ルイーザは嬉しかった。ヴァレンティアにやって来て、初めて誰かの温もりを感じて、それまで泣いていたことも忘れてしまったくらいだ。

驚いて目をぱちくりさせていると、ガイウスは決まりが悪そうに口をモゴモゴとさせた後、意を決したようにルイーザの目を見て言った。

『一人で泣くな！　僕が一緒にいてやる！』

言い方こそ乱暴だったけれど、内容はとても優しい。

それでルイーザは、怖いと思っていたガイウスが本当はとても優しい少年なのだと気づいたのだ。

そして、彼が自分の『夫』であることを、初めて嬉しいと思った。

この出来事を境に、ルイーザとガイウスは仲良くなっていった。

王宮にはルイーザやガイウスを虐《いじ》めるおかしな大人たちもいて、二人はお互いを守り合うようにして生きてきた。

嫁いできてからの一年間、楽しい時も、悲しい時も、嬉しい時も、苦しい時も、全部二人で共有してきた。

ガイウスがいなかったら、ルイーザは寂しさのあまり病気になっていたかもしれない。

それくらい、ルイーザにとってガイウスはなくてはならない存在になっていたのだ。

それなのに、今日別れないといけないいなんて。

リラの木の下まで来ると、ガイウスは手早く上着を脱いで地面の上に敷き、胡坐《あぐら》をかいてからルイーザへ向かって両腕を広げた。

「ほら、おいで」

ここではいつもそうやってルイーザを膝の上に抱っこして、お話をしてくれるのだ。

彼に抱っこされるのは大好きだ。ルイーザは喜んでいつも通りその腕の中に入り込み、すっぽりと収まる。

四つ年上のガイウスは、七歳のルイーザよりもずっと大きく、逞《たくま》しく見える。だがそれでも記憶の中の父や母と比べると寄りかかる身体は薄く、彼が自分と同じくまだ子どもなのだと実感させられる。

二人が姿勢を定めると、ホフレが見守るようにしてその脇に伏せた。

リラの木の真下から見上げる景色は、花の紫色と生い茂る葉の緑、その隙間から覗く空色で鮮やかに輝き、眩いほどだ。

視界の上の方には、ガイウスの顎《あご》が見えた。

「ねえ、ガイウス」

「なんだ」

頭の上からガイウスの声が響いてくる。まだ少年の、高い声だ。

この一年ですっかり聞き慣れたその声は、なによりもルイーザを安心させてくれる。

「わたくし、あした、シャリューレへかえるの」

「……うん」

ガイウスが相槌を打って、ルイーザの頭頂部に自分の頬を擦りつけた。ルイーザを抱っこする時、必ずする仕草だ。これをされるのがルイーザも好きだった。その感触を味わうように目を閉じると、じわりと瞼の下が熱くなって、鼻の奥がツンと痛んだ。

我慢しなくてはと思うけれど、こんなふうにガイウスの温もりを感じるのもこれが最後なのだ。どうしたって涙が込み上げてきてしまう。

(だめ、だめ。ないちゃだめ、ルイーザ。ガイウスにきかなきゃいけないことがあるでしょう?)

泣いたら、訊けなくなってしまう。二人に残された時間はもう少ないのだから。

ルイーザは心の中で自分を叱咤《しった》すると、紫色の目を開いてガイウスを見上げる。

ガイウスはこちらを見下ろしていた。

少年らしい尖《とが》った顎に、スッと通った鼻筋、形の良い唇は優しく弧《こ》を描いている。灰色の瞳は陽光の加減か、暗闇でもないのに銀色に光って見えた。

「はなればなれになってしまうけれど、わたくしはガイウスとけっこんしたもの。わたくしのおっとは、ガイウスのままでしょう？」

ずっと訊きたかったことを口にした。

シャリューレに帰されるとわかってから、ずっと心に蟠《わだかま》っていた心配事だ。けれど訊ねるのが怖くて、今まで口にできずにいたのだ。

否定の答えが返ってきたら、きっとショックを受けて立ち直れなくなってしまうだろうから。

ルイーザの問いにガイウスが瞠目《どうもく》する。

灰色の瞳の奥の瞳孔が、キュッと窄《すぼ》まるのが見えた。

ルイーザは不安のあまり胸が早鐘を打つのを感じながら、彼の答えを待つ。

もう夫ではないと言われたらどうしよう。

それはもう会えないと言われているも同然だ。

ルイーザがシャリューレに戻されてしまえば、ガイウスとの接点はなくなってしまう。

そのまま二人の絆《きずな》も消えてしまうのが怖かった。

ガイウスの中で自分の存在が消えてしまう。そんなのは絶対にいやだった。

ガイウスが黙っているので、ルイーザはオロオロと焦りながら、それでも懸命に言い募《つの》る。

「わ、わたくし、もう、ガイウスのつまだわ。ぜったいに、ほかのだれともけっこんしたくない。ガイウスがおっとがいいの。だから、ずっと、わたくしたち、けっこんしたままでいいのでしょう？」

言いながら、また鼻の奥がツンとしてくる。

涙目になるルイーザを、ガイウスはぎゅっと抱き締めた。

ルイーザの細い首筋に顔を埋め、震える声で「うん」と答える。

「君は、僕の妻だ。ずっと……離れても、永遠に、君は僕の妻だ」

欲しかった答えをようやく得られて、ルイーザはホッと身体の力を抜いた。

「ほんとう？」

「本当だ」

確かめても、ちゃんと肯定してくれた。ルイーザは嬉しくなって身じろぎする。ガイウスの腕の中は心地よいけれど、自分も彼を抱き締めたくなったのだ。

ガイウスが腕を緩めてくれたので、くるりと後ろを振り返って彼の首に腕を巻き付けた。

するとガイウスもそっと抱き締め返してくれる。

ぴったりと隙間なく重なり合っていると、彼の心臓の音が感じられた。

きっとガイウスにも自分の心臓の音が聞こえているはずだ。

そのことをひどく心地よいと感じながら、ルイーザは言った。

「だいすきよ、ガイウス。このせかいで、いちばんだいすき。あなたは、わたくしのおっと。はなればなれになっても、わたくし、まいにちあなたをおもうわ。まいにちまいにち、ぜったいに、あなたにまたあえますようにって、かみさまにおいのりするから……」

彼が自分を妻だと言ってくれるなら、大丈夫。

神に祈れば、願いは叶う。いつか必ず、また会えるはずだ。

妻と夫は一緒にあるべきなのだから。

ルイーザの言葉に、ガイウスが「うん」と頷いた。

「必ず迎えに行く」

「きっとよ。わたくし、まっているから。おばあちゃんになってもまっているから」

念を押せば、ガイウスは抱き締めていた腕を解いてルイーザの手を取り、その甲に口づけを落とした。

手の甲にキスをされることはこれまでもあった。

けれどその日のガイウスは唇をつけたまましばらく動かなかった。

それはまるで神に捧げる祈りのようで、ルイーザは少し戸惑う。

やがて顔を上げたガイウスは、なにかを決意したような、強い眼差しを向けた。

「我が愛と忠誠と献身は、永遠に最愛の妻ルイーザに」

その誓いの言葉に、もう我慢できなくなった。

ルイーザの唇はわななき、目からポロポロと透明な涙が溢れ出る。

小さな肩が震えて、堪え切れない嗚咽《おえつ》が漏れ始めた。

声を殺して咽《むせ》び泣く幼い妻を、少年の腕が抱き締める。

彼の目にも涙の膜が張っていた。

別離の悲しみに濡れる幼い夫婦に、大きな黒い犬がのそりと動いて二人に寄り添った。

初夏の空は青く澄んで、抜けるようだ。

吹き抜ける柔らかな風が、咲き乱れるリラの花の芳香と共に、二人の微かな泣き声を攫《さら》い、かき消していった。

第一章　出戻りの皇女

大きな窓から降り注ぐ陽光を受け、空気中の埃《ほこり》がキラキラと舞っている。

薄暗い部屋の片隅にしゃがみ込んで本を開いているのは、柔らかな白金髪を結いあげた女性だ。抜けるような白い肌と髪と同じ白金色の睫毛《まつげ》、そしてその睫毛から垣間見える紫水晶の瞳は、見る者に神秘的な印象を与える。

彼女の名はルイーザ・シャルロット・ダルブレ——このシャリュール神聖国の第一皇女である。

「ねえ、見て、ホフレ。やっぱりレラが泉で出会った少年は、隣国の王子様だったのよ！」

本に目を落としたまま話しかけるのは、彼女の傍《かたわ》らに寝そべっている大きな黒い老犬だ。眠っていたらしいホフレは、主人の声に目を開いてフンフンと鼻を鳴らし、またおもむろに瞼を閉じた。ハイハイ、とでも言いたげなその仕草は慣れたもので、ルイーザがこんなふうに読書中に何度も話しかけているのがわかる。

「ああ、素敵！　彼を信じて待ち続けたレラは正しかったのね」

はしゃいだような声で言って、ルイーザは本を開いたまま胸に抱えてうっとりと呟いた。白い頬は興奮からか、うっすらと色づいている。

手に持っている本は、子どもが読むようなお伽噺《とぎばなし》――悪い竜に氷の城に閉じ込められたお姫様を、王子様が救い出してくれるという内容だ。

「それにしても、平民の身なりをしてこっそり街へ出るなんて、王子様は皆やっているのかしら。お兄様たちも……？　だったら、わたくしもやってみたいわ。ねえ、ホフレ。それにほら、お城にいるより街へ出た方が、ガイウスもわたくしを攫いやすいのではないかしら？」

ルイーザの問いかけに、今度はホフレは瞼も上げなかった。まるで反応する価値もない、と言っているかのようだ。

愛犬のつれなさに口を尖らせたが、ルイーザにもわかっている。

そんなことは不可能だ、と。

仮に攫うことに成功したとしても、皇女が攫われれば父である皇帝が黙っているはずがない。ありとあらゆる手を使って犯人を探し出し、厳しい罰を与えるだろう。

（ガイウスをそんな目に遭わせることなんてできない。……だから、わたくしは待つしか

ないの）

心の中で幸福な夢を見ることくらいは許されるはずだ。この十数年、ルイーザはそうやって幸せなことを想像して、寂しさをやり過ごしてきたのだから。

夢見がちで子どもじみていると、自分でもわかっている。だがわかっているからといって、簡単にやめてしまえるようなものでもないのだ。

（人の目があるところでは、ちゃんと『皇女』らしくしているもの。……大丈夫）

ルイーザは心の中で頷いた。シャリューレ神聖国の皇女という自覚はある。幼い頃から『気高くあること、冷徹であること、同時に慈悲深くあること』と、皇族として厳しい教育を施されてきたのだ。自分がどうあるべきかという理想像は、自分の中で確立しているし、理解できている。――下手をすれば、ルイーザ自身の人格《アイデンティティ》よりもよほど。

だから他者の目がある時は、皇女の仮面を被ることくらい朝飯前なのである。

そんな自己弁護を頭の中で滔々《とうとう》と繰り広げていると、傍らの愛犬がなにかに気づいたように頭をもたげた。

ルイーザは物思いに耽《ふけ》るのをやめ、そちらに視線を移して小さな声で訊ねる。

「どうしたの、ホフレ。誰か来た？」

主の声に、愛犬のホフレが鼻先をこちらに向けてフンと鼻を鳴らした。黒くて丸い目が、主の言葉を肯定している。

ルイーザは微笑んだ。

「本当に、お前は賢い良い子ね」

長い首を掻《か》くようにして撫でてやりながら、もう片方の手で本に栞《しおり》を挟む。

今日の読書の時間は終わりのようだ。

膝にのせていたレースのショールを肩にかけ、ルイーザは窓の外へと目を向けた。

この自室からは庭の一角が見えるようになっていて、噴水池の水が陽光を反射してキラキラと煌《きら》めいているのが見える。

シャリューレ神聖国の首都ヘルマンにあるこのカッターブルク宮殿は、ルイーザの父である皇帝マティアス三世とその家族が住まう荘厳な城である。皇帝の住処なだけあって敷地は広大で、庭だけで六ヶ所も存在する。その中でも『オルレインの水瓶《みずがめ》』と呼ばれるこの庭には、海神オルレインの彫像が設置された大きな噴水池があるのだ。

ちなみに、『オルレインの水瓶』は父帝が造らせたものだ。

銛《もり》を片手に巨大な瓶を背負う筋骨隆々の彫像は海神オルレインで、担いだ瓶から噴水の水が勢いよく溢れ出している。

正面から見るととても恐ろしげだし、上から眺めてもやはりなんとも猛々《たけだけ》しい。

どうせなら、同じ水にまつわる神でも、美しいことで有名な湖の女神カーティアにすればよかったのに、とルイーザは思う。

（お父様は「軍神の方が相応《ふさわ》しい」とか仰っていたけれど）

ルイーザは昔、この庭には可憐な花が多いから、オルレインではなくカーティアの方がいいのでは、と父に提言してみたことがあるが、父は娘の意見を一顧《いっこ》だにしなかった。

海神オルレインは巨大な銛を振り回して敵を倒す雄々しい軍神だが、湖神カーティアは清廉を司り、転じて処女《おとめ》の守護神だ。戦争とは縁がない。

千年以上続くシャリューレ神聖国の歴史において、小競り合いを含めれば、戦争がなかった時代はない。欲しいご利益が、処女神ではなく軍神からのものであっても不思議はないのかもしれない。

（でもオルレインにしろカーティアにしろ、シャリューレ建国前の古代の神話の中に出てくる神様で、この国が信仰するマルエル教の神とは別物なのよね）

マルエル教は一神教な上に、偶像崇拝を禁止している。

そもそもシャリューレ神聖国は、マルエル教の守護者という立場から『皇帝』を名乗っているというのに、その皇帝の城の庭に異教の神の像が堂々と鎮座《ちんざ》しているのだから、矛盾もいいところである。

一度父に訊いてみたことがあるが、父は「これは宗教ではなく芸術だからいいのだ」と適当なことを言っていた。あの厳めしい彫刻が芸術だというなら、『軍神が相応しい』云々《うんぬん》はおかしくないだろうか。

（なんでもありじゃないの……）

そんな皮肉っぽいことを考えながら窓の外を眺めていると、部屋のドアをノックする音が響いた。

「……どうぞ」

ルイーザが許可を出すと、ドアから現れたのはルイーザの侍女のマリアだった。

マリアはルイーザがそこにいるとわかるや否や、目を吊り上げて怒り出す。

「ルイーザ様！　またお部屋を抜け出してこんな所にお隠れになって！」

言われると思っていた通りの台詞をマリアが吐くので、ルイーザはちょっと笑ってしまった。

「隠れていたわけではないわ。マリアだって、わたくしがここにいるのは予想していたでしょう？」

ここはルイーザの部屋ではなく、宮殿内にたくさんある客間の一つだ。

いつ頃からか、窓が大きく日当たりの良いこの部屋をホフレが気に入って、忍び込んで昼寝をするようになったのだ。それを見つけたルイーザも、愛犬探しにかこつけてここで昼寝をするようになったというわけだ。

今日はたまたま本を読んでいたが、大体はホフレと一緒に転寝《うたたね》に興じている。

マリアもそれを知っているから、ルイーザを探してここまでやって来られたのだ。

「それはそうですけれど。でも、ルイーザ様はお身体が丈夫ではないのですから。こんな所で転寝をすれば、また風邪をお召しになりますよ！」

心配そうに眉根を寄せる侍女に、ルイーザは苦く微笑んだ。

身体が弱い、というのは嘘だ。ルイーザはそうやって病弱ぶることで、周りを誤解させている。とはいえ、ずっと寝込んでいるわけではないので、皇族としての公務はこなしているつもりだ。外交に伴う接待などは最低限に留めており、孤児院や施薬院への支援といった慈善事業を中心に行っているのだ。

曖昧な定義の『病弱』だなと、時折自分でも自嘲めいて思う。だが皇女としての務めを完全に放棄するほどの図太さは、持ち合わせていないのである。

こうして心配されるということは、自分の目論見《もくろみ》が上手くいっている証拠とはいえ、やはり多少胸は痛む。

だがそれを正直に言うわけにもいかず、ルイーザは「そういえば」と話を変えることで切り抜けた。

「わたくしを探していたのでしょう？　なにか用事があったのではなくて？」

訊ねると、マリアは手をポンと叩く。

「そうでしたわ！　ルイーザ様、皇帝陛下がお呼びです。執務室へ参られますようにと」

「お父様が？　執務室ですって？」

ルイーザは首を傾げた。

皇帝として多忙を極める父と会える機会は、月に一度か二度くらいだ。

その父に、よりにもよって執務室に呼ばれるなんて。

(お父様の執務室なんて、一度も入ったことがないわ。特にわたくしみたいな役立たずの『出戻り皇女』には、ご用などないと思っていたのだけれど……)

ルイーザは六歳の時に、一度ヴァレンティア公国の第二公子ガイウスに嫁いだ。

無論、政略結婚だ。

十三年前、ヴァレンティア公国では、イルマニ反乱と呼ばれる傭兵《イルマニ》ギルドによる大規模な反乱が勃発した。公国の軍だけでは制圧し切れなかったヴァレンティア公が、シャリューレ神聖国に援軍を申請したところ、シャリューレはヴァレンティア公国が所有していた鉄鉱山の利権を譲渡することを条件にこれを引き受けた。

その条約締結の証として、シャリューレ神聖国の第一皇女とヴァレンティア公国の第二公子の婚姻が結ばれたのだ。

ルイーザ六歳、ガイウス十歳の時の話である。

まだ初潮も来ていない幼子の結婚は、当然のように裏があった。

イルマニの反乱を収めたあかつきには、皇女を無傷でシャリューレへ帰すという取り決めがされていたのだ。

いわゆる『白い結婚』である。

ありていに言えば、ルイーザは人質だった。

ヴァレンティアにしてみれば、小さいとはいえ公国内で唯一の鉱山を取られるのだ。ちゃんと反乱軍の制圧が完了するまで、シャリューレが援軍を送り続ける保証が欲しいのは当然だろう。その担保としての政略結婚だったのだ。

その後、約一年で反乱軍を制圧したシャリューレは、援軍撤退と同時に皇女の返還を求め、ルイーザは母国へと戻された。

こうして婚姻無効を前提とした『白い結婚』は、皇女の帰国で完了したというわけである。

『白い結婚』は結婚ではない。純潔のままの皇女は、また国のためにどこかへ嫁ぐことを期待されていたのだが、帰国後すぐにルイーザは高熱に倒れた。長い旅路の途中で流行り病をもらってしまったのだ。高熱は一週間続き、一時は生死も危ぶまれるほどだったが、やがて熱は引いた。だが病が身体から抜けた後も、ルイーザは臥《ふ》しがちになった。医師は慣れない異国での生活で、心身共に虚弱《きょじゃく》になってしまったのだろうと診断した。

幼い娘に人質という重責を担わせた負い目からか、皇帝はルイーザに殊更《ことさら》甘くなった。

身体が弱いことを理由に社交界に出なくとも文句を言わなかったし、一年の半分以上を田舎の静養地で過ごすことも許していた。

そんな具合だから、ルイーザの虚弱体質の噂は国内だけでなく国外にも広がり、次第に縁談は来なくなった。政略結婚では子を産むことを求められるため、虚弱体質では心もとないとされたのだろう。

結果、ルイーザはシャリューレ皇家の『出戻り皇女』と呼ばれ、宮廷内でお荷物扱いされる存在となっていた。

（わたくしよりも年下の妹たちでさえ、既に嫁いでいったというのに……。そう呼ばれても仕方ないわね）

政略結婚ができない皇女など価値はない。

だからそんな自分に、執務室でなんの話があるというのだろう。

「とにかく、お父様がお呼びとあらば、伺うしかないわね」

首を捻りながらも、ルイーザは立ち上がったのだった。

＊＊＊

夏の陽光のような白金髪と、紫水晶のように鮮やかな紫色の瞳という、皇帝の血統であるホーエンライヒ家特有の色彩をもって生まれたルイーザは、皇帝夫妻の初めての娘ということもあり、非常にかわいがられて育った。

そんな最愛の娘を、六歳という幼さで政略結婚させることに、当時皇帝はずいぶんと悩んだらしい。

だが『白い結婚』であることは、皇帝に決意をさせるのに十分な理由となった。婚姻無効を前提とした『白い結婚』であれば、皇女の名誉も傷つかない。手元に戻った後、年頃になればちゃんと相応しい結婚相手を見つけてやれる。

反乱軍を手早く片付ければ、皇女はすぐにでも取り戻せるのである。

なにより、ヴァレンティア公国の鉄鉱山は、取引するに足る対価だった。

結局マティアス三世はこの取引に応じ、皇女ルイーザは六歳にして、十歳のヴァレンティア第二公子ガイウスの花嫁となったのだ。

そして一年後、皇帝の予定通り、皇女は無傷で帰国した。

めでたしめでたし、で幕を閉じる話――のはずだった。

(誤算だったのは、皇女が仮初の夫を愛してしまったこと)

幼いルイーザには、『白い結婚』がどういうものなのか知らされもしなかった。

だから、ガイウスは本当に自分の夫なのだと思っていた。

『白い結婚』だったけれど、二人は大聖堂で結婚式を挙げた。病める時も健やかなる時も共に歩むのだと、死が別つ時まで一緒なのだと、神の御前《ごぜん》で誓い合った。

最初はそっけなかったルイーザの夫は、ぶっきらぼうだけれど優しい少年だとわかった。

彼はいつだってルイーザを守ろうとしてくれた。彼の涙も、笑顔も、ルイーザだけは知っている。知れば知るほど彼を好きになった。

（わたくしたちは、あの頃、本当に夫婦だった）

慈しみ合い、守り合っていた。楽しい記憶ばかりではないけれど、ヴァレンティアにいた頃のガイウスとの思い出は、今もルイーザの心の中でキラキラと輝いている。

ルイーザにとって、夫はガイウスただ一人だ。

ガイウス・ジュリアス・チェザレ・カタネイ以外の妻にはなりたくない。

だから帰国後、ルイーザは病弱を装った。

流行り病に罹り高熱を出したのは本当だ。だがその後、体調不良が続いたのは、ルイーザの仮病だ。病弱であれば別の縁談を持ち込まれにくくなると、ガイウスが教えてくれたからそれを実行したのだ。

（そんな幼稚な方法しか、当時のわたくしたちには取れなかったけれど……）

案外その幼稚な方法が功を奏し、十九歳になる現在まで未婚のまま過ごせた。

（……けれど、それも今日で終わりなのかもしれない）

ルイーザは執務室までの道のりを歩きつつ、半《なか》ば諦《あきら》めながら思う。

傍らには、当然のように付いて歩く愛犬ホフレの姿がある。

（……この子がいてくれたから、わたくしはこれまでやってこられた）

ホフレはガイウスの犬だった。

彼の母が七歳の誕生日に、息子のためにと連れてきてくれた犬で、兄弟のように育ってきたと言っても過言ではなかったそうだ。その母が殺された後、父や兄に対しても心を閉ざしたガイウスが、ホフレだけは傍に置いていたという。彼にとっては誰よりも信頼する家族だった。

十二年前の別離の時に、ガイウスはその愛犬をルイーザに託してくれた。

『僕の代わりに、ホフレが君を守るだろう』

手を握ってそう言ってくれた時、彼の溢れんばかりの愛情が伝わってきて、泣き出したくなったのを今でも覚えている。

大人たちの思惑に流される幼子でしかなかった自分と同様に、ガイウスもまた無力な少年だった。そんな彼が、離れ離れになる妻にしてやれる唯一のことが、ホフレを譲ることだったのだ。

「お前だって、本当のご主人様と離れるのは辛かったでしょうにね」

ルイーザが呟くと、ホフレは不思議そうな顔でこちらを見上げ、バウ、と小さく吠えた。

それがまるで返事をしているようで、この大きな犬がかわいくて堪らず、ルイーザは頬を緩めた。

「ありがとう。大好きよ、わたくしのホフレ。……あなたは、ずっとわたくしと一緒にいてちょうだいね……」

たとえどこに行くことになろうとも、ガイウスとの最後の繋がりであるホフレだけは共に。

ルイーザの願いに、ホフレはもう一度、バウ、と返事をした。

＊＊＊

「そなたの結婚が決まったぞ、ルイーザ」

開口一番、皇帝が言った。

薄暗い執務室の中で、白い髭《ひげ》を蓄《たくわ》えた顔は、心なしかいつもよりも老けて見える。

父の丸い顔を眺めながら、ルイーザは薄い微笑みを浮かべた。

「……そうですか」

冷静に返した娘に、皇帝はいささか拍子抜けした表情になる。

「なんだ、驚かないのか」

「驚いておりますわ」

父にはそう答えたが、ルイーザは実際驚いていなかった。

執務室に呼ばれた時点で、なんとなく予感のようなものがあったからだ。

(……これまで病弱を理由に遠ざけていられたのが不思議なくらいだわ)

政略結婚は皇族の義務だ。自分だけが逃れられるわけがない。

そう理解していながらも今まで足掻《あが》いてきたのは、ガイウスへの未練からだ。

どうしてもガイウスを諦めたくなかった。

自分の夫はガイウスで、自分は彼の妻なのだ。誰がなんと言おうと、自分たちがそう信じ続けている以上、まだ夫婦なのだ。周囲の都合で振り回されるなどまっぴらで、自分が決めた伴侶しか要らないのだと信じ続けてきた。

『離れても、永遠に、君は僕の妻だ。必ず迎えに行く』

最後の約束が、頭の中に蘇《よみがえ》る。

何度も何度も繰り返し、擦り切れるほどに思い返してきた記憶だ。

一言一句違えず覚えている。

――いつか必ず、ガイウスが迎えに来てくれる。

ルイーザはそう信じていた。

だから病弱を装うのは時間稼ぎのためだった。彼が迎えに来てくれるその日までの――。

けれど、時間を稼ぐのには限界があることも、ちゃんとわかっていた。

(その期限が、今だっただけの話)

ルイーザは一度瞑目《めいもく》じ、それからゆっくりと瞼を開くと、しっかりと父の顔を見て言った。

「わたくしのような役立たずでも、結婚してくださる方がいらっしゃるのですね」

「おお、ルイーザ！」

娘の自虐《じぎゃく》的な物言いに、皇帝は大げさに眉根を寄せる。

「ばかなことを言うものではない！　お前が役立たずなどであるものか！　少し身体が弱いだけで、器量も良く、賢く、気高い、この私の自慢の娘だ！」

「お父様……」

ふふ、と小さく笑いながら、ルイーザは「ありがとうございます」と礼を言った。

幼い頃からかわいがってくれた父だ。本気でそう言っているのがわかる。

だが、父は親としての情と同じくらい、施政者《しせいしゃ》としての非情さも持ち合わせている。

いざとなれば娘を切り捨てることができる人間だ。

（――そう。あの『白い結婚』の時のように）

あの時、父が決断しなければガイウスと出会うこともなかったのだと思えば、その非情さを非難することなどできない。だが父の決断のすべてが娘を想うものではないことも、しっかりと頭に入れておかねばならないのだ。

父は執務机を回り込んでルイーザの前まで来ると、小さな子どもにするかのように頭を撫でた。

「お前があのヴァレンティアの第二公子に操《みさお》を立てていることは知っている」

「……！」

これにはルイーザも驚愕《きょうがく》してしまった。

まさか自分の気持ちが父にばれているとは思ってもいなかったからだ。

目を瞠る娘に、父はおどけたような顔をする。

「十二年前、ヴァレンティアから帰ってきたお前が、熱に浮かされながら呼んだのは、『お父様』でも『お母様』でもなく、公子の名前だったのだよ」

「ま、まあ……そんなことが……」

まさか意識のない間にそんなことを口走っていたとは。自分でも知らなかった事実を聞かされて、冷や汗の出る思いだった。

「まだ幼かったお前を、たった一人異国へと遣ってしまったのだ。寂しさに耐え、役目を全《まっと》うしてくれたお前に私ができるのは、しばらくお前の好きなようにさせてやることくらいだった。……だが、もう公子のことは忘れて前を向いてもいい頃だ」

しみじみとした口調で言われ、ルイーザはなんと答えていいかわからなかった。

つまり、父には仮病もその理由も、最初からバレていたというわけか。

（……恥ずかしい）

子どもじみた抵抗を、皇女としての自覚のなさを、父はどう見ていたのだろうか。

それと同時に、ひどく苛《いら》ついた。

自分でも、もう限界だと納得していたつもりだ。

これ以上、皇女としての責任から逃れ続けることはできないと。

そしてそれ以上に、ガイウスを待つだけの日々を送ることに疲れてしまっていたのだ。

もういい加減彼を諦めて、皇女の務めを全うしようと思っていた。

だがそれを他者から言われてしまうと、泣きたくなってしまうのは何故なのか。

あなたになにがわかるのか、と詰りたくなるのはどうしてなのか。

（ガイウスとわたくしの日々は……あの幸福な日々は、わたくしたちだけにしかわからないものだわ……！）

周りの大人が誰一人助けてくれなくても、ガイウスが傍にいてくれるならそれだけで良かった。ガイウスは、自分の魂の片割れなのだ。それを……！

まったくもって非論理的な感情論だ。自分でもわかっている。わかっているからこそ、他の人間に『もう忘れろ』なんて言われたくなかった。

ルイーザは反論したくなる衝動をグッと堪えて俯《うつむ》いた。

黙りこんだ娘に、父が痛ましげな声で言った。

「このようなことをお前に伝えるのは気が引けるのだが……第二公子は――いや、もうヴァレンティア公となられたのだが……」

（――え？　ヴァレンティア公？　ガイウスが後を継いだということ？）

ガイウスには嫡子《ちゃくし》である兄がいたはずだ。何故、と疑問に思っていると、それを見越していたのか父が付け足した。

「先代のヴァレンティア公と長子のアルマンド殿は、先日流行り病で急逝《きゅうせい》され、ガイウス殿が後を継いだそうだ。そしてその立場を盤石《ばんじゃく》にするために、亡き兄君の妻を夫人に迎えたそうだよ。――彼は結婚したのだ」

ガン、と鈍器で頭を殴られたような衝撃だった。

（……ガイウスが、結婚した……？）

最後の逢瀬の時、リラの木の下で誓ってくれたのに。

『我が愛と忠誠と献身は、永遠に最愛の妻ルイーザに』

ガイウスの誓いの言葉が頭の中に蘇る。

けれど、確かに彼の言葉なのに、その声を思い出せなくなっていた。

（……ガイウスは、どんな声をしていた……？）

覚えているはずだ。会えなくなってから、何度も何度も思い出した記憶。それなのに、どれほど心を凝らしてみても、彼の声を思い出せない。

（ガイウス……ガイウスの、声も、匂いも、温もりも……どんなだったのかしら……）

想い続けた会えない十二年の歳月の中で、記憶が摩耗《まもう》して、かすれてしまっていることに、ルイーザはこの時初めて気がついた。

愕然とするルイーザの肩を、父の手がそっと包んだ。

「可哀想に、ルイーザ。だが、これもお前が前を向く機会となったのだと思えば、そう悪いことでもない。もう彼のことは忘れて、お前も幸せになりなさい」

幸せ、という言葉が、ルイーザの頭をうわ滑りして消えていく。

ルイーザの幸せは、約束通りガイウスが迎えに来てくれて、共に生きていくことだった。そう信じていた。

そのために子どもじみた仮病などを使って、広い宮殿の奥深くで息を潜めるようにして生きてきたのだ。

（……ずっと待っていたのに）

ガイウスにとって、約束などただの子どものお遊びだったのだろう。

笑い出したくなった。幼い頃の拙《つたな》い約束などを信じて、十年以上もひたすら待ち続けていたなんて。自分が滑稽《こっけい》で仕方ない。

醜い自嘲《じちょう》の笑い声が自分の口から飛び出る前に、ルイーザは声を発する。無様な真似はもう十分だ。

「……お父様。わたくしの夫となる方は、どなたなのでしょう」

わたくしの夫――口に出して、ひどく喉が渇いた気がした。

ルイーザの問いに、父は満面の笑みを浮かべて言った。

「おお、そうだそうだ。聞いて驚くな。相手はアドリアーチェ共和国の元首《ドーチェ》であるロレンツォ・アニャデッロ殿だ」

まったく想定していなかった名前に、ルイーザは目を瞬《しばた》く。

（……ロレンツォ・アニャデッロ？　あのロレンツォ・アニャデッロのこと？）

もちろん知っている名前だ。

アドリアーチェ共和国はシャリュールレ神聖国の南隣に位置し、南北に長い半島を領土としている。

古来より貿易によって栄えた海洋国家であり、民によって選出された元首《ドーチェ》と呼ばれる代表者が施政者を務める、大陸唯一の共和国である。

現元首《ドーチェ》はロレンツォ・アニャデッロといい、政治家となって以来、優れた政治手腕と抜きんでた外交能力を発揮してきた傑物《けつぶつ》である。

錯綜《さくそう》する国内外の利害を巧みに調整してきたことで、自国のみならず周辺諸国に対しても多大な影響力を持ち、国内の貴族からの信頼も厚い。

人柄は寛仁大度《かんじんたいど》、その飾らない言動から、一般市民からも絶大な支持を得ている。

学問や芸術のパトロンとしても有名で、彼のもとでアドリアーチェは史上最大の盛期《せいき》を迎えている。

そんな、傑人《けつじん》としてあまりにも有名なロレンツォだが、確か年は五十路《いそじ》近くではなかったか。

ルイーザの父よりは年下だろうが、それでも親子といってもいいほどの年の差である。

「あの……お父様、本当にロレンツォ様ですか？　彼は確か妻帯《さいたい》されていたと思うのですが……」

なにしろ壮年の権力者である。結婚していない方がおかしい。

それに、彼の息子が議会入りしただの、娘が嫁いだだのいう話も聞いたことがある。子どもがいるのだから、妻がいるのは自明の理である。

だが父はルイーザの疑念にニコニコしながら首を横に振った。

「夫人とは十年以上前に死別されておる。嫡子が今年成人を迎え、二人いる娘たちも既に嫁いだ後で、新たな妻を迎える頃合いだと、この話が出たのだよ」

「ああ、そうなのですね……」

つまり、後妻との子どもは必須ではないということだ。

それならば、病弱で子を産めないかもしれないと噂されている自分との縁談が出てもおかしくない。

「ですがロレンツォ様ほどのお方が、わざわざわたくしのような小娘と政略結婚をしなくてはならない理由とは……？」

すると父は難しい顔になって、深いため息をついた。

「まあ、アドリアーチェとは、二年前のいざこざがあるゆえな……。エランディアの手前、友好関係を結んでいることを見せつけておかねばならないのだ」

その言葉にルイーザは、なるほどと納得する。

このシャリューレ神聖国は、西隣にエランディア王国、南隣にアドリアーチェ共和国を持つ。この三国は古来より小競り合いを繰り返しており、『大陸の火薬庫』と呼ばれるほどだ。

二年前、シャリューレ神聖国とエランディア王国が、共和制を布《し》くアドリアーチェ共和国の影響力を危ぶみ、反アドリアーチェ同盟を結んだ。

この同盟はある程度成功を収めたものの、その後アドリアーチェから奪った領土の利権を巡りシャリューレとエランディアが対立し、それが原因で同盟が崩壊した。

これが今年の話である。

そしてルイーザの父は、エランディアに対抗するために今度はアドリアーチェと同盟を結ぶことにした。ここまでは知っていたが、なるほどその同盟の証として、ルイーザは娶《めと》られるというわけだ。

納得の政略結婚である。

「わかりましたわ、お父様。ロレンツォ様にお会いできる日を楽しみにしております」

ルイーザが微笑んで言うと、父は満足そうに何度も首を上下した。

「そうかそうか。早速だが、ロレンツォ殿は来月来訪される。その時に合わせて新しいドレスを作らせなくてはな。お母様と相談し、良いものを選びなさい」

＊＊＊

執務室を出た後、どうやって自室に戻って来たか、記憶がない。
気がついたらベッドの中にいて、膝を抱えてぼんやりと空を見つめていた。
（……結婚。けっこん……）
頭の中に、その言葉が浮かんでは消える。
「――結婚するのね、わたくし……」
他人事のように呟いて、吐き出すように笑った。
結婚は――していたはずなのに。
ガイウスという、唯一の夫がいるはずだったのに。
「ガイウスは……とっくに、わたくしのことを忘れてしまっていたのにね……」
ふふ、と乾いた笑みが零れる。
心が干《ひ》からびてしまった気分だった。

なにもかも、どうでもいい。

なにも思い出したくない。美しいと思っていたあの幸福な日々も。なん百回、なん千回と繰り返し思い出していたその記憶は、愚かな自分の証のようだ。

自分の中にぽっかりと穴が開いてしまった。ルイーザの中には、ガイウスばかりがみっちりと詰まっていて、それ以外のなにも入っていなかったのだ。

「……なんて、空虚な人間なの」

自分の中に詰まっていたガイウスですら、かすれ切った記憶の残骸だったのに。

(――声すら、思い出せなくなっていた……)

声も、温もりも、どんな顔をしていたかすら、もう曖昧《あいまい》になってしまっていた。こんなにかすれ切った記憶を後生《ごしょう》大事に抱えて、自分は一体なにを夢見ていたのだろう。

今はもう、本当にガイウスが存在していたのかすら怪しくなってきている。

どこへともなく視線を彷徨《さまよ》わせると、視界を赤い色がちらりと過《よぎ》った。反射的に目をやれば、ベッドの脇に置いてあるチェストの上に先ほど読んでいた童話が置かれてあった。父の執務室へ向かう際には持っていなかったから、あの客間に置きっぱなしにしてしまったはずだ。ここにあるということは、おそらくマリアが気を利かせて運んできてくれたのだろう。

(……つい先ほどまで、この童話の王子様みたいにガイウスがわたくしを迎えに来るって、当たり前のように夢想していたのに……）

「本当に、ばかみたいだわ、わたくし……」

お伽噺は、現実にはあり得ないからお伽噺なのだ。お姫様を閉じ込める邪悪な竜などいないし、王子様だって魔法なんか使えない。

それこそ魔法でも使えない限り、小公国の公子でしかなかったガイウスが、大国の皇女を娶れるはずがないのだ。

いつまでも子どものままでいたのは、ルイーザだけだったのだろう。

そう思うと、その童話の本を見ていることができなくなって、ルイーザはサッと目を逸らした。稚拙《ちせつ》なお伽噺――まるで自分の象徴だ。

こんなに乾いた気分なのに、涙がポロリと目から零れた。

するとクゥンと物悲しげな鳴き声が聞こえて、ルイーザはふと傍らに目を遣る。

「……ホフレ」

そこには、ガイウスが託した愛犬の姿があった。

（そうだわ……。わたくしは、ホフレがいたから、ガイウスを信じ続けてこられた……）

ホフレは、ヴァレンティアでのあの輝かしい日々の証人のような存在だった。ガイウスを守ってきたこの賢い大きな犬が、今度は自分を守ってくれている。まるでホフレを通してガイウスと共にあるかのような錯覚を、ルイーザにさせていたのだ。

ホフレが心配そうに鼻を寄せてくる。ペロリと顔を舐《な》められて、ルイーザは少し笑った。

「……いい子ね。わたくしのホフレ」

その長い顔を撫でながら、ルイーザは思う。

(……この子が十二年の間、わたくしを守ってくれていたことには変わらない)

ガイウスへの想いの中で、蹲るようにして生きてきたルイーザの傍に寄り添い、温もりを与え続けてくれた。ホフレがいたからこそ、ルイーザは絶望することなく生きてこられた。

だからホフレを憎むことなど、到底できるわけがない。

「大好きよ。いい子ね」

ルイーザが囁くと、ホフレが黒い瞳でじっと見つめてくる。

つぶらなその目を見つめ返し、太く筋肉質な首に抱き着こうとして、手に違和感を覚えた。

「――っ、これは……」

ホフレの赤い革の首輪に、小さな紙切れが巻き付けてある。

ルイーザは奥歯を噛んで肩をわななかせた。

これがなにかをルイーザは知っている。

いつからだったたか、ホフレの首輪に定期的に巻き付けられて運ばれてくるようになったのだ。

季節が変わるごとに、一通、また一通と、ひそかに寄せられるこれはある人からの手紙だった。

『今日ルエラン川で、川蝉《かわせみ》を見た。昔、一緒にあの鳥を見た時に、君が〝翡翠《ひすい》みたいな色だ〟と言って目を輝かせていたのを思い出した。いつかまた、二人であの鳥を探しに行こう』

『城のマロニエの木が葉を落とし始めた。カサカサと鳴る落ち葉に合わせて、君はよく踊っていたね。今も木々の間に、小さな君の幻が見えるようだ』

『今年初めての雪が降った。その白い雪景色を見ていると、一緒に過ごした冬を思い出す。積もったら朝一番に足跡をつけに行こうと、ベッドの中ではしゃぐ君がかわいくて、僕はその夜、雪がたくさん降りますようにと祈った。厄介なだけの雪がたくさん降ってほしいなんて思ったのは、あの時が初めてだったよ』

『リラの花が、今年もまた咲いたよ。この花を見るたびに、君を思い出す』

結びはいつだって決まった文章だ。

『最愛の妻、ルイーザへ。愛を込めて。君の夫、ガイウスより』

そう。これは、ガイウスからルイーザに宛てた手紙だった。

どうやってホフレの首輪に結び付けているのかはわからない。毎回、いつの間にかホフレが首につけて運んでくるのだ。

幼い頃は、ガイウスが迎えに来てくれたのだと大喜びをして、彼に会おうとホフレの後を執拗に追いかけてみたりしたものだ。だが彼の姿どころか、手紙を巻き付けている人物を探し出すこともできなかった。

考えてみれば当然だ。他国の、しかも神聖国の王の居城に、不審者が入り込めるはずがない。そう思って宮殿を離れ、警備が手薄な田舎の離宮へ行ってみたりもしたが、離宮でも彼を見つけることはできなかった。

だからルイーザは、まだ自分を迎えに来る準備が整っていないのだと思うことにした。ガイウスは、会えないけれどルイーザが寂しがらないようにと、手紙で励ましてくれているのだ、と。

この手紙が届くのが楽しみだった。ガイウスとまだ繋がっているのだと実感できたから。自分がまだ彼の妻なのだと、信じることができたから。

だが今は――。

「……っ、どうして……！　どうしてよ、ガイウスっ……！」

ルイーザはホフレの首輪に結び付けられた手紙を見つめたまま、手に取ることすらできなかった。

自分は他の女性と結婚していながら、どうしてルイーザに手紙を寄越せるのか。

ガイウスはもう自分の夫ではない。他の女性の夫だ。

そして自分もガイウスの妻ではなくなったということだ。

（いいえ、妻だったことなど、一度もなかったのかもしれない）

夫婦なのだと言い張っていたのは、ガイウスと自分だけだ。そして今、そう言い張っていたのは自分一人だったのではないかとさえ思えてくる。

なんて滑稽なのだろう。なんて愚かなのだ。

誰のために――すべてそれは。

胸の裡《うち》に渦巻くこの激しい感情が、怒りなのか悲しみなのかわからない。

ガイウスに腹が立った。

心変わりしたのだったら、終わりにしてくれればよかったのだ。こんなふうに手紙を寄越さないでほしかった。この手紙が途切れてしまっていれば、ルイーザだって諦められたかもしれなかったのに。

けれど同時に、そんなはずがない、と悲しく自嘲する。

誰のために――すべてそれは、自分だ。

ルイーザは自分のために、この状況に陥っている。

自分がガイウスを想い続けたのは、ガイウスのせいなどではない。人の心は自由だ。誰かに強要されて人を愛することができるとは思えない。だからガイウスを愛したのは間違いなくルイーザ自身の選択なのだ。

ルイーザは自分が頑固な性格だとわかっている。

彼からの手紙が途絶えたからといって、自分が選んだこの想いは消えたりはしなかったはずだ。

「全部……自分で受け止めていかなくてはならないのよね……」

ガイウスを愛したことも。

彼が別の女性を選んだことも。

(お父様の言うとおりね)

現実を受けて止めて、前を向いて生きていかねばならないのだ。

(……ああ、そうか。これは、最後の手紙なのかもしれないわね)

ガイウスが他の女性と結婚することになった、という報告だ。だとすれば、そんなもの読めるわけがない。

ルイーザは苦い笑みと同時に、涙に濡れた頬を拭《ぬぐ》った。

ホフレの首輪に結ばれた手紙を外すと、ベッドから降りて暖炉の傍へ行き、それを細かく破いて灰の中へ放り込む。今の時期暖炉に火は入っていないので、マッチを擦って火をつけると、細かくちぎられた紙はあっという間に燃えていった。

蹲ってその炎を見つめていると、ホフレが傍に来て身体を寄せてきた。

「……心配してくれているの？　ありがとう、あなたはずっといい子ね……」

温かな身体に顔を擦り寄せて、ルイーザは目を閉じた。

＊＊＊

――あつい、くるしい、いたい。

ルイーザは朦朧とする意識の中、喘ぐような呼吸を繰り返す。

頭がズキズキする。頭の後ろに心臓があるみたいに、ドクドクと脈打つ痛みで気が狂いそうだった。

身体中熱くて、沸騰《ふっとう》しているかのようだった。

――たすけて。だれか、たすけて。

この苦しみから救い出してほしいと思うのに、重い身体は言うことを聞かず、声すら満足に上げられない。

――たすけて。たすけて。おとうさま、おかあさま。

何度呼んでみても、父も母も応えてはくれない。そうだった、とルイーザは思い出す。ヴァレンティアに来てからずっと、ルイーザの声は両親には届かないのだ。両親だけではない。周りの大人もルイーザの声を聞かない。ルイーザがなにをしても、どうなっても、皆無関心なのだ。

たすけて、という言葉は、きっともう誰にも届かない。ならばもう声を上げることはやめてしまおうか。手を伸ばすことを諦めてしまえば、差し伸べられる手がないことに、泣く必要もなくなるのだから。

ルイーザがそう思った時、ひやりとしたものが額に触れた。

沸騰しそうだった身体に染みわたるような冷感に、ルイーザはホッと息を吐いた。

（きもちいい……）

そう思ったのと同時に、聞き慣れた声が聞こえてきた。

『気持ちいいか、ルイーザ』

ああ、ガイウスだ、と思う。

どうして忘れていたのだろう。ガイウス、ルイーザの夫。

ヴァレンティアで唯一、ルイーザを守ってくれる人。

ガイウスがいたから、ルイーザはもう寂しいとは思わなくなったのに。

(ガイウス……)

ルイーザはうっすら瞼を開いた。

すると、黒い眉を寄せた痛ましげな表情をしたガイウスが見える。

『大丈夫か、ルイーザ。ああ、可哀想に。……あの女、ルイーザをこんな目に遭わせるなんて！』

悔しげに涙を浮かべて唸《うな》るガイウスに、ルイーザは『ああ、そうだった』と思い出す。

ルイーザは、ガイウスの継母であるヴァレンティア公夫人に、杖で殴られてしまったのだ。

その日はガイウスと一緒に中庭でホフレを遊ばせていた。ガイウスの投げたボールをホフレが咥《くわ》えて戻ってくるという遊びをしていたのだが、そこに運悪く夫人が現れて、ボールを追いかけて跳び上がったホフレと激突してしまったのだ。

ルイーザは蒼褪めた。

夫人はヴァレンティア公の正妃で、夫が愛妾《あいしょう》に産ませたガイウスを憎悪していたからだ。

彼女は気性が荒く、ガイウスの母はこの人によって毒殺されたそうだ。ガイウスの愛犬であるホフレにだってなにをするかわからない。

焦って駆け寄ったルイーザは、懸念通り、激怒した夫人がものすごい形相で持っていた杖をホフレに向かって振り上げるのを見た。

『だめぇっ！』

ルイーザは咄嗟《とっさ》に杖を持つ夫人の腕に抱き着いた。

すると夫人はルイーザを振り払い、怒りのままに杖でルイーザを殴打したのだ。

ガッという鈍い音がして、後頭部に強い衝撃を受けたことまでは覚えていたが、その後の記憶はない。

自分はどうしてしまったのだろう、とガイウスを見つめると、ガイウスは涙を浮かべながら冷たい手で頭を撫でてくれた。

『もう大丈夫だ。医者に診てもらったから。大丈夫、すぐによくなる』

『……ホフレはだいじょうぶ？』

ルイーザは気がかりだったことを訊ねた。

夫人はホフレに腹を立てていた。ルイーザが気を失った後、ホフレのことも杖で打ったのではないかと心配になったのだ。

するとガイウスはくしゃりと顔を歪《ゆが》めた。

『……ばかだな、君は。自分がそんな目に遭っているのに、他の者の心配なんか……』

ガイウスが質問に答えてくれないので、まさか、とさらに心配になってしまう。だが腕で自分の目元をグイと拭ったガイウスは、泣き笑いのような表情を浮かべて言った。

『心配するな。ホフレは無事だ。君が殴られて倒れた後、自分のしたことに気づいて焦ったんだろう。あの女は逃げていった。ホフレを殴る暇《ひま》なんかなかったよ』

（それならよかった……）

ホッとして微笑むと、ガイウスがルイーザの頬に手を当てた。

『ごめん。僕に力がないから……守れなかった』

涙の絡んだ声音に、ルイーザは目を上げる。ガイウスはまた泣きそうに顔を歪めていた。

どうしてそんなことを言うのか。

ガイウスは、いつだってルイーザを守ってくれているのに。

そう伝えようとした時、ノックもなしにドアが開く音がして、バタバタと足音が聞こえてきた。

現れたのは、ヴァレンティア公と夫人だった。

『まあ、よくもノコノコと皇女様のお部屋に来られたものね！　お前が皇女様を打《ぶ》ったくせに！』

夫人が開口一番、金切り声でガイウスに向かって叫んだ。

ルイーザはビックリして目を瞬く。

ガイウスが打った？　杖で打ったのは他でもない、夫人ではないか。

驚いたのはガイウスも同じだったようで、ぽかんと口を開いて夫人の顔を凝視していた。

『ガイウス、お前が皇女様を打ったと聞いた。なんてことをしてくれたのだ』

次いでヴァレンティア公までがそんなことを言い出し、ルイーザは混乱する頭を整理しようとするが、ズキズキとした痛みでままならない。

『違います！　ルイーザを杖で打ったのは義母上ではありませんか！』

これぱっかりは聞き捨てならないと反論するガイウスに、夫人は『まあ！』と大げさな声を上げげた。

『なんてひどいことを！　この私が皇女様を打つわけがないでしょう！　私のことが気に入らないからと言って濡れ衣を着せようとするなんて、呆れた悪党だわ！』

捲し立てた後、夫人は袖《そで》で顔を覆って嘘泣きまで披露している。

ガイウスは怒りで身を震わせながら、『違います！』と叫んでいるのに、ヴァレンティア公はそれを一顧だにしなかった。

「まったく、普段から反抗的な子どもだと思っていたが、まさかこんなことまでしでかすとは。お前には相応の罰を与えるから、覚悟しておけ」

『父上！』

ガイウスの悲痛な叫び声に、ルイーザの胸が痛んだ。

（こんな、ひどい）

　ガイウスの言葉にまったく耳を傾けず、一方的にありもしない罪で罰を与えるとは。

　何故妻の言葉を鵜呑みにして、真偽を確かめようとしないのか。それはヴァレンティア公にとって、その方が楽だからだ。妻を罰するよりも、子を罰する方が簡単なのは誰が見ても明白だ。高位貴族出身の夫人を罰すれば、夫人のみならず、背後にいる生家が黙っていない。それに対してガイウスの母は下級貴族の娘で、しかも既に故人である。ガイウスを冤罪《えんざい》で罰したところで、さしたる問題にはならない。ガイウスのために声を上げてくれる大人は誰もいないのだ。

（ならば、わたくしが言うわ）

　ルイーザは怒りと悔しさから、身体に力が湧き上がるのを感じた。

　ぐっと腹に力を込めて腕を動かし、なんとか起き上がる。頭がくらりとしたが、必死で堪えた。今ここで自分がガイウスを守らなくては、誰が彼を守るのか。

『ルイーザ！』

　ルイーザが動いたことにいち早く気づいたガイウスが、支えるように慌てて背中を抱いてくれた。

　意識がないと思っていた皇女が起き出したのを見て、大人二人は驚いた表情をしている。

『ま、まあ、皇女様！　まだ起きては……』

　焦って駆け寄ろうとする夫人に、ルイーザは人差し指を突き出した。

『わたくしをなぐったのは、このひとです。わがちち、シャリューレしんせいこくこうていマティアスさんせいのなにかけて、またおおいなるかみにちかって、わがおっとガイウスではありません』

ルイーザはハッキリとした口調で宣言する。

皇帝の名を掲げて述べた言葉は、皇女としての言葉である。ルイーザの背後にある神聖国という強大な力を前に、ヴァレンティア公は黙ったまま跪拝《きはい》した。

『──我が妻が、皇女様に大変なご無礼を』

『まあ、公！』

夫があっさりと小娘の発言を聞き入れたのが納得いかなかったのだろう。夫人が憤慨《ふんがい》したが、ヴァレンティア公はそれをひと睨《にら》みして黙らせる。

『罰として、妻は修道院へ入れることにいたします。ですから、どうぞ……』

暗に父帝には内密にしてほしいと言われているのだろう。父の立場がヴァレンティア公よりも高いことを知っていたルイーザは、告げ口をすればこの公国が困ることをなんとなく理解していた。

この国が困るということは、ガイウスも困るということだ。

それはルイーザが望むことではない。

だからヴァレンティア公の言葉に頷いた。

『わたくしは、わたくしのおっとがかなしかったり、くるしかったりするのをゆるせません。ヴァレンティアこうは、わたくしのおっとがしあわせであるように、こころをくださいてください』

ルイーザが言うと、ヴァレンティア公は深々と頭を下げる。

『尽力いたします』

それだけ言うと、怒りに震える夫人を引きずって部屋を出て行った。

二人きりになると、途端にルイーザの身体から力が抜ける。身体が熱くて、頭がぼうっとしていた。ひどく眠たい。

ぐらりと傾いだ小さな身体を、ガイウスが受け止めてくれた。

『……ガイウス？』

ガイウスは、泣いていた。

涙でぐしゃぐしゃの顔で、ルイーザのことを抱き締めた。

『……ありがとう、ルイーザ』

絞《しぼ》り出すような声で礼を言われ、ルイーザは微笑む。

お礼なんて要らない。

ガイウスこそ、いつだってルイーザを守ってくれているのだから。

自分だって守りたいのだ。

「――ガイウス」

自分の声で目が覚めた。一瞬見えている景色を理解できず、ドキドキと心臓が鳴る。

暖炉に、絨毯《じゅうたん》――カッタープブルク宮殿の、自分の部屋だ。

ここはシャリューレ神聖国で、自分は十九歳のルイーザ・シャルロット・ダルブレ。六歳の子どもではない。

(……夢を見ていた。あれは、夢だわ。昔の夢)

まだ覚醒《かくせい》し切っていない頭を整理するように、ルイーザは心の中で思う。

あれは過去に本当にあった出来事だった。

ヴァレンティアでは、継母と折り合いが悪かったガイウスと、人質の皇女という異分子だったルイーザは、共に居場所のない者同士だったのだ。

あの後ヴァレンティア公が約束通り夫人を修道院に入れたことで、幾分か待遇は改善したものの、基本的にはいない者のように扱われるところは変わらなかった。

(思えば、ガイウスとわたくしは、傷を舐め合っていたのね……)

お互いの痛いところを庇い合い、同じ敵に立ち向かうことで生まれた仲間意識だ。共に依存し合い、相手に執着をもってしまったのも無理はない。

（夫婦とは……とても言えない関係だったのだわ）

フッと自嘲が零れて、ルイーザは目を閉じる。

ガイウスとは、夫婦ではなかった。――それでいいのだ。

身を起こすと、自分の腕の下にあった温かいものも動いて、自分がホフレに寄りかかるようにして眠ってしまったのだとわかった。

「……ごめんなさい、重かったわね」

慌てて謝ると、ホフレは「なんてことはない」とでも言うように、フンと鼻を鳴らす。

その頭を撫でながら、ルイーザは微笑んだ。

「……夢を見たわ。懐かしい夢。あなたも出てきたのよ」

かすれ切ってしまったと思っていた記憶は、夢の中だと何故あんなにも鮮明なのか。脳裏から消えゆく夢の残滓《ざんし》を摑むようにして、ルイーザは目を閉じる。

夢の中では、ガイウスの声もしっかりと思い出せていた。

彼を愛しいと思う気持ちも、彼を守るのだという強い覚悟も、はっきりと感じることができたのに。

（でも、もう夢でしかないのだわ……）

あの夢は、過去でしかない。

過ぎ去ったこと、終わったことだ。
今を生きるルイーザは、前を見て行動していかなくてはならないのだ。
暖炉の中を見ると、あの手紙はすっかり燃えつき、黒い灰だけが残っている。
「――これでいいのよね」
ルイーザは独り言《ご》つ。
誰に対する問いでもない。ただの確認だ。
これでいい。過去は燃やした。
もうガイウスの妻だったルイーザは、消えてしまったのだ。

第二章　たった一つの

「……それで？　シャリューレとエランディアの情勢はどうだった」

ガイウスはキャビネットから酒瓶を取り出し、二つのグラスに注ぎながら訊ねた。

訊ねられた方は執務室の椅子にドカリと腰かけ、うんざりした口調で文句を言う。

「長旅から戻ってきたばかりの人間に、開口一番それかよ、公主様よぉ。こう、もうちょっと労わりの言葉とかかけられんのかい？」

偉そうな口調で喚《わめ》く無精髭の生えた壮年の男は、ジュリアーノ・アネッリ――通称千人切りのジュリアーノと呼ばれる傭兵ギルドの長《おさ》である。

荒くれ者ばかりが集う傭兵ギルドを纏めているだけあり、剣を持たせればべらぼうに強いのだが、意外なことに小柄で痩身《そうしん》である。印象の薄い柔和な顔立ちは、見た目だけならば小物商の店主といった感じだ。

だからこそ、諜報活動《ちょうほう》をさせても上手いわけで、なんとも重宝する人物なのだ。

「潜伏調査としては短期間の部類だろう」

愚痴《ぐち》をサラリと聞き流すと、ジュリアーノはプンスカと腹を立ててみせた。

「潜伏期間は短くとも、移動にかかる時間は変わらんだろう！」

それはまあそうだな、と頷きつつ、ガイウスは琥珀《こはく》色の蒸留酒《じょうりゅうしゅ》が入ったグラスをジュリアーノに差し出した。

この男への労《ねぎら》いは、高い酒に限る。

案の定ジュリアーノはころりと態度を変え、「待ってました！」と舌なめずりしながらグラスを受け取った。

ガイウスがグラスを掲げると、ジュリアーノもそれに倣《なら》った後、嬉しそうに酒を呷《あお》る。

「かーっ、美味い！　一仕事終えた後の酒はたまんねぇなぁ！」

「それはなにより」

空になったグラスにまた酒を注いでやれば、ジュリアーノは「へへへ」と意味もなく笑う。

不機嫌も酒の一杯であっという間にご満悦《まんえつ》、実になによりだ。

酒好き、女好き、金が好き。この男は実に単純にできている。

傭兵をやっている者には、この類《たぐい》の人間が多い。ガイウスはわかりやすい欲望を抱えている者を好む。駒にするには都合がいいからだ。欲望を満たしてやれば、彼らはよく働いてくれる。

逆に十三年前の傭兵たちによる大規模な反乱は、当時のヴァレンティア公である父が、彼らの働きに対して相応の報酬を渡さなかったことが原因だ。

（正当な対価を支払いさえすれば、この国で彼らほど使える人材はいないというのに）

ガイウスは亡き父を思い、冷笑を浮かべる。

あの男は父親としてだけなく、施政者としても本当に無能だった。

妻だけではなく、領民の心も掌握できずに、すべての混乱を招いたのだから。

当時のヴァレンティアは活気のない国だった。財源のほとんどが農業に基づいていて、経済が国内で循環するだけの小規模なものに留まっていたからだ。あとは小さな鉄鉱山があったが、ヴァレンティアの拙い採掘技術では、他国の鉄鉱山のような収益は上げられなかった。

そんな貧しい田舎の小国であるヴァレンティアにおいて、何故傭兵ギルドなどというものが栄えたのか。それはこの国が大陸の最西端に位置し、西に広がる大西海《だいせいかい》を住処《すみか》とする海賊によって定期的に被害を受けていたからだ。貧しい国ということは、すなわち軍事力も弱い。海賊の襲撃から身を守るために、傭兵たちの力を借りていたというわけだ。

財源が乏しいにもかかわらず、海賊からの襲撃のたびに傭兵を用いていたとなれば、財政が破綻《はたん》するのは自明の理だ。

父が施政者として致命的であったのは、己が国だと勘違いし、民を国の消耗品だと考えていたことだ。

民こそが国だ。民が疲弊すれば国が疲弊するし、民が怒れば国が荒れる。器《うつわ》ではないと判断すれば、王などすぐに挿《す》げ替えられるのだ。

金がないからと傭兵たちへの報酬を平気で踏み倒せば、どんなしっぺ返しを食らうかなど、考えなくてもわかる単純な図式だろうに。

結果、父は傭兵《イルマニ》ギルドによる『イルマニ反乱』と呼ばれた大規模な紛争を引き起こした。この反乱を鎮静化する軍事力を持たないヴァレンティアは、東の大国シャリューレ神聖国の力を借りた。そして対価として、なけなしの財源であった鉄鉱山の利権を引き渡すこととなったのである。

まったくもって、本末転倒も甚《はなは》だしい話だ。

(……まあ、その結果、ルイーザと出会うことができたわけだが)

ルイーザ。ガイウスの最愛の妻、魂の片割れ、己の半身。

灰色だったガイウスの世界に、色を与えてくれた人。

彼女はガイウスの生きる指針だ。

離れ離れになって十二年経った今なお、ガイウスは彼女を取り戻すためだけに生きている。

「相変わらず、東はシャリューレとエランディアの喧嘩《けんか》のせいで、どっこもかしこもピリピリしてたわ」

酒で気分が乗ってきたのか、ジュリアーノがようやく本題を喋《しゃべ》り出した。

「狐《きつね》と狸《たぬき》が同盟なんていうから天変地異の前触れかと思ったが、あっという間に仲違いして、やっぱりなァって商人たちも苦笑いさ。シャリューレに店を構えてる俺の知り合いは、二国が仲良しこよしの時にエランディアに支店を出そうかって考えてたらしいが、出さなくて正解だったと笑ってたよ」

多くの国々が盛衰を繰り返してきたこの大陸において、現在三大勢力と言われているのが、シャリューレ神聖国、その西隣のエランディア王国、そして南隣のアドリアーチェ共和国である。

中でもアドリアーチェは、銀行王として名高いロレンツォ・アニャデッロが元首《ドーチェ》となって以来、かつてない繁栄の時代を築いていた。

アドリアーチェの繁栄を面白く思わないシャリューレとエランディアが反アドリアーチェ同盟を結んだのが二年前だ。だがシャリューレとエランディアも非常に仲が悪い。案の定、早々に同盟が崩壊。

そして今度はシャリューレとアドリアーチェが同盟を結ぶことにしたという。節操がないにもほどがある。

　この情報を摑んだガイウスは、三国の情勢を調べるために、ジュリアーノを現地へ向かわせていたのである。

「ということは、関所では物資の流通も制限されているのか」

「だなァ。俺が持ってたのがヴァレンティアの通行証じゃなけりゃ、どっちもすんなりは通れなかっただろうよ」

　大陸の最西端に位置するヴァレンティア公国は、田舎の弱小国とみなされ、あまり重要視されていない。同時に危険視もされていないので通行許可はあっさりと出たのだろう。

「田舎モンって、ずいぶん舐めてくれちゃって……。俺らがマレンツ島でなにしてるか知ったら、どんな顔すんのかねぇ」

　ククク、と喉を鳴らして笑うジュリアーノに、ガイウスは肩を竦《すく》めた。

「視野の狭い老人どもだ。大陸での勢力争いにしか興味がないから、遠い大海に浮かぶ小島のことなど、そもそも認知もしていないだろう」

「違いねぇ」

　ガイウスの台詞にまたひとしきり笑い声を上げると、ジュリアーノは片方の眉を上げてこちらを見上げる。

「にしても、あのかわいかった坊主が、こんなにふてぶてしい公主様におなりあそばすとはなぁ……」

しみじみとした口調に、ガイウスの眉が上がった。

いつの間にかジュリアーノに奪われていた酒瓶を見ると、半分以上残っていた中身がほとんどなくなっている。だいぶ酒精《しゅせい》が回ってきたようだ。

この男と初めて会ったのはガイウスが十一歳の時だ。

ジュリアーノは酔うと昔の話をしたがるのだ。

「俺が城の牢屋に入ってた時、小さいお前さんがやって来て『僕が公主になるから、協力しろ』と言ってきた時には、なんの冗談かと思ったが、本当に公主様になっちまったからすごいよなぁ」

十二年前、ジュリアーノはイルマニ反乱の首謀者として捕らえられ、処刑される予定だった。それをガイウスが自分の仲間になることを条件に逃がしたのである。

「私の言葉を信じていなかったのか？」

心外だと言ってやると、ジュリアーノはガハハと笑った。

「そりゃお前、信じられるわけねぇよ！　十歳かそこらの子どもの言うことだぜ？　だがあん時の俺ぁ、あそこから逃がしてくれるなら足を舐めろと言われても頷いたさ！」

「ふん」

まあ、それはそうだろうな、とガイウスも当時を振り返って思う。

ガイウス自身、ジュリアーノが本当に自分の仲間になるとは思っていなかった。ただあの父親に一矢報《いっし》いたかったのだ。

反乱軍の首謀者が逃げたことを知れば、父は相当に悔しがるはずだ。

だが同時に、あの事勿《ことなか》れ主義の能無しのことだ。逃げられた事実を知ったとしても、それを公にして恥をかくよりは、逃がしてしまったことを内密にして、予定通り処刑したと発表するだろう。だから逃がした者がいたとしても、それを深追いすることはないと踏んでいた。

実際その通りだった。

自分に反旗を翻《ひるがえ》した者を政治的な理由もなく逃がしたままにしておくなど、支配者にあるまじき怠慢《たいまん》だ。やはりこの男は無能な王だと再確認した。

これならば自分が取って代わるのも容易《たやす》いと判断したのも、この時だった。

だからある意味ジュリアーノは、ガイウスに父親から公位を簒奪《さんだつ》する決意をさせるきっかけになった人物とも言えるのだ。

逃がした時にはこれきりだと思っていたのに、気がつけば十数年の仲である。

「私も逃げたお前が城下町に戻ってきたと知った時には驚いたよ」

「まあ、俺もあん時ぁ、我ながらどうかしてると思ったがよ」

飄々《ひょうひょう》と言うガイウスに、ジュリアーノはまたククと笑いながらグラスを口に運ぶ。

「でもお前さんの目が良かったんだよ。子どもとは思えねえ、狼《おおかみ》みてぇなギラギラしたその灰色の目がな。こいつぁなにかやらかすだろうなって、ピーンと勘が働いたわけよ」

節くれ立った指でこちらを指さし、ジュリアーノは預言者のように神妙な顔をする。

「勘か」

当てにならない話だな、と失笑と共に吐き出すと、ジュリアーノはムッとしたように
「俺の勘は当たるんだよ」と下唇を突き出した。

「あん時ぁ、反乱軍は鎮圧され、ギルドも解散させられてな、なぁんにもやることがなくなっちまったから、お前のことを見ててやるのも面白そうだと思ったのさ」

上から目線の物言いに、ガイウスの顔に苦い笑みが浮かんだ。

この男の中で自分は子どものようなものなのだろう。確かに親子ほど年が離れているが、こんなふらふらした男を父親に持った覚えはない。

ガイウスはやれやれとため息をついて、ジュリアーノのグラスを奪い取る。

「あっ、なにすんだよ！」

「今日はここまでだ。これより美味い酒が呑みたければ、もう少々頑張ってもらわなくてはな」

釘を刺すつもりで言えば、ジュリアーノは乾いた笑みを浮かべた。

「本当に人使いが荒い公主様だぜ。まあ俺たちは傭兵だから、金さえもらえればちゃんと

働きますよ。だが、不思議なのはお前さんの方だ」

ジュリアーノはそう言って、ガイウスの胸を指でトンと押す。

「公主になることが目的だったわけじゃないんだな。大陸制覇でも狙ってるのか？」

ジュリアーノの細い目が、獲物を狙う猛禽《もうきん》類のような光を放って、ガイウスを見つめた。

その目をしっかりと見つめ返し、ガイウスは薄く笑う。

「大陸が欲しいなど、思ったこともない」

欲しいものは、今も昔もたった一つだけ。

——ルイーザ。

愛しい妻の笑顔を思い描き、ガイウスは目を閉じて肩を竦めた。

「だが必要ならばするだろう」

彼女のためなら、大陸を征服するなどわけないことだ。

必要があれば、神だって殺してみせる。

＊＊＊

ガイウス・ジュリアス・チェザレ・カタネイの人生は、生まれた時から負けが確定しているようなものだった。

父は公主だが、母は愛妾だ。愛妾の子は嫡子とは認められないため、ガイウスは七歳で父に引き取られるまで、自分がこの国の公子であることすら知らなかった。物心ついた時には城下街の外れの小さな屋敷に母と二人で暮らしていたから、自分には父はいないのだと思っていたのだ。後から聞いた話では、母が身ごもった途端、父は母への興味を失い、訪れることがなくなっていたらしい。

自身が妻帯者であるにもかかわらず、十六になったばかりの男爵家の娘である母を見初《みそ》めた父は、地位を利用し娘を差し出すように男爵に迫った。脅しのような要求に男爵が屈した結果、半ば家族に売られるようにして母は父の愛妾となった。

そうして好きでもない男の子どもを産まされた挙句《あげく》、嫉妬深い正妻によって毒殺された。毒を飲まされ、血を吐いて倒れる母を見下ろし、父は一言「すまない」とだけ言った。

それを見たガイウスは、笑いが込み上げた。

おそらくこの男は、自分の正妻が毒を盛ることがわかっていたのだ。

わかっていながら手を打たず、母を見殺しにすることで事態を収束させた。

グツグツとした怒りが、腹の底で煮え滾《たぎ》った。

無理やり妾にしておきながら、守ろうともしないなんて。

これではまるで、殺させるために母を妾にしたようなものではないか。

（いつか殺してやる。この男も、あの女も。母を殺したこの二人を、決して許すものか）

母を喪ったガイウスを、父は仕方なく城へ連れてきた。

ガイウスは、城で継母からの執拗な虐めに耐えなくてはならなくなった。

継母は些細なことで激怒し、度々ガイウスに鞭打《むち》った。食事を抜かれることなどしょっちゅうだったし、真冬に冷水を頭から浴びせられ、納屋《なや》に放り込まれたこともある。熱を出して死にかけても医者を呼んでもらえなかった。ガイウスが生き残れたのは、ひとえに母が丈夫な身体に生んでくれたおかげだろう。

城にはガイウスの味方など一人もいなかった。父は無関心で、使用人たちは継母の言いなりだった。唯一の友が、ガイウスの愛犬ホフレだった。ホフレは兄弟のいなかったガイウスに、寂しくないようにと母が与えてくれた犬だ。七歳の誕生日に「あなたの新しい家族よ」と仔犬だったホフレを与えた後、すぐ母は殺された。まるで自分の代わりにホフレを置いていったかのようだった。

城ではホフレだけが心を許せる相手だった。周囲の誰も信用せず拒絶することで身を守ってきたガイウスだったが、十歳の時に例外が現れた。

ルイーザだ。

『お前は政略結婚をするのだ』と父に言われ、ひどく腹を立てたのを覚えている。何故自分がこの年齢で妻を娶らなければならないのか。それも、憎んでいる父親のために。

ルイーザを初めて見た時、その可憐な容姿に驚いた。陽光のように煌めく白金色の髪、白くて小さな顔は、精巧に作り上げられた陶器の人形のように愛らしかった。すみれ色の瞳で見つめられると、らしくもなく胸が高鳴った。

だが、それだけだ。相手は父が勝手に連れてきた妻だ。つまりガイウスの敵に他ならない。必要以上に親しくするつもりはなかったし、できるだけ関わらないように生活していた。

そうして一月ほど経ったある時、人気のない庭の片隅で、ルイーザが声を殺して泣いているのを目撃したのだ。

『おとうさま、おかあさま、ルイーザは、もうわらえません。こうじょなのに、わらえなくなってしまいました。ごめんなさい、ごめんなさい……ここはいや。みんなこわいの。だれもわたくしにはなしかけてくれないの。ゲルダもよ。わたくしをむしするようになったかとおもったら、どこかへいってしまって、このごろはかおもみていないの。おとうさま……わたくしは、ここではみんなのめにみえなくなってしまったのかもしれないわ……』

まるで神へ祈るように両手を組み、泣きながら呟いている姿に、ガイウスは驚いた。

城で見るルイーザは、いつも笑っていたからだ。明るく微笑んで、周囲の大人に喋りかけていた。あんなに一生懸命話していたのに、大人たちは彼女を無視していたのだろうか。

――ゲルダとは、確か皇女に付いてきた侍女のはずだ。その侍女までも？

確かに継母は、大国シャリューレとの婚姻に最初から反対していた。自分の子である嫡子が大国の姫を妻にもらうのであれば文句を言わなかったのだろうが、その息子には既に妻がいた。父はシャリューレとの政略結婚が整えばそれで良かったので、次男を相手に立てたわけだが、継母はガイウスが自分の息子よりも格上の妻をもらうことが許せなかったのだ。

──けれどまさか、その皇女にまで理不尽を働くとは。

シャリューレ側にその無礼が知られればただでは済まない。

だが城の使用人たちは継母に牛耳《ぎゅうじ》られていて、すべて彼女の意のままだ。継母を絶対者とする空気は、皇女に付き添ってきた侍女たちさえも冒《おか》してしまっているのかもしれない。

──あるいは、継母に買収されたか。

己が一番上に立たなければ気が済まない、あの女ならばやりかねない。

それに花嫁に付き従ってきた侍女が、遠い異国へ辿り着いた途端、主をないがしろにするといったことは、そう珍しい話でもない。ひどいものでは、侍女が主に成り代わって生活していたということまであるくらいだ。

もし付き添ってきた侍女がその類ならば、継母の甘言に惑わされ皇女を冷遇していても不思議ではない。

だがそんなことよりも、ガイウスは皇女の矜持《きょうじ》に胸を打たれた。

誰も頼る者のない異国へ嫁いできて、これほどまでに冷遇されながらも、彼女は常に笑顔を貫いていた。自分よりも四つも年下の少女が、泣きたいのを我慢して笑顔を作っていたのだと思うと、ガイウスの胸がズキリと痛む。自分もまた、彼女を冷遇していた一人であったからだ。

――なんてことだ。これじゃ、僕はあの男と同じじゃないか。

父が決めた相手だから気に食わないと、妻となった少女を放置していた自分は、母を見殺しにした父と変わらない。そんな自分が情けなく、ガイウスは堪らず彼女の前に出て行った。

ルイーザはガイウスの姿に気づくと、一瞬怯《おび》えた顔になった。彼女にとって自分は敵なのだと実感させられて、それがまた堪らない気持ちにさせた。

怯えさせるくらいなら、離れた方がいいのだろうかとも思ったが、この小さな――自分の妻に、なにかしてやりたい。そう思って、ホフレにするように頭を撫でた。

するとルイーザは目をまんまるに見開いて、ガイウスを見上げた。そして、蕾《つぼみ》が花開くように笑ったのだ。

目尻に涙が滲《にじ》んだその笑顔に、ガイウスは胸を鷲摑《わしづか》みにされた。

この少女を守ろうと思った。

この笑顔を守るためには、どんなことだってしよう。

この日から、ルイーザは彼の妻になった。守るべきもの。優しくするべきもの。大切なもの。彼女はガイウスにとって宝物になった。ガイウス以外は誰も気にかけない。だがそれでいい。ガイウスだけが彼女を気にかけ、彼女のすべてを受け止めるのだから。

恋人は魂の半分、とよく言うけれど、本当だ。ルイーザはガイウスの魂の半分だった。彼女が悲しければ自分も悲しくなったし、彼女が笑えば自分も嬉しかった。

二人だけで満たされた世界は、とても美しかった。灰色だったガイウスの世界は、ルイーザと一緒だと色鮮やかに輝いて見えた。

だがその幸福な日々は、能無しの父のせいで終わりを告げた。

『イルマニ反乱』を鎮静化したシャリューレの援軍が帰国することになり、ルイーザも連れ帰られることになったからだ。

その事実を聞かされた時、ガイウスは憤慨《ふんがい》して抗議した。

ルイーザは自分の妻だ。シャリューレに帰すなんて許さない、と。

だが父はせせら笑ってそれを一蹴した。そして、これは元々『白い結婚』であったのだと言った。婚姻無効を前提とした、実体のない結婚だったのだと。

そんなもの知るか、とガイウスは叫んだ。父とシャリューレの皇帝が勝手に決めたことだ。自分とルイーザには関係ない。だが当然ながら、ガイウスの理屈は屁理屈でしかない。ガイウスがなにを言おうが、暴れようが、ルイーザはシャリューレへ戻される。

(僕に、力がないから)

ガイウスはただの子どもだった。それも、弱い子どもだ。父にも継母にも対抗できない、まして大国シャリューレの皇帝になど、逆らえるはずもない。

(ならば、力をつけてやる)

ルイーザはガイウスの妻だ。ガイウスの半身。離れて生きられるはずもない。

力のない今は手放すしかないけれど、いつか必ず取り戻してみせる。

そのためには、どんなことでもやろう。どんな汚い手も使おう。

(負けが決まっている人生だと？　そんなもの、ひっくり返してやる)

最後に勝つのは自分だ。

継母にも、父にも、大国シャリューレにも勝って、妻を取り返してみせる。

そしてその誓いの通り、ガイウスは目的のために着々と準備を進めてきた。

イルマニ反乱の首謀者であるジュリアーノを逃がしたのも、その準備の一環だった。

ジュリアーノは実によく働いてくれた。

イルマニ反乱の後、ヴァレンティアは史上最悪の財政難に陥った。元々施政能力のない父は次第に自暴自棄になり、酒に溺れるようになった。その父を支えるはずの兄は、病弱であることを理由に妻と共に離宮に引きこもる有様で、ヴァレンティア公国の公主が事実上不在の状況となってしまったのである。

そんな中、ガイウスは軍の司令部に出入りするようになった。使い物にならない父に代わり、名代として指示を出すためだ。ヴァレンティア公国軍は脆弱で、辛うじて城を守れる程度のお飾りと言っていい規模のものではあったが、重要なのは自分が国軍を管理しているという公然の事実だ。

表ではそういう手回しをする一方で、裏ではジュリアーノの伝手《つて》を使い、大西海の海賊のうちでも『大海賊』とされるフェリペ・ロドリゲスと連絡をつけていた。

海賊と傭兵ギルドは、単なる敵対関係ではない。なにしろ海賊がいなくなれば、傭兵の仕事もなくなるのだ。敵対しつつも、水面下では持ちつ持たれつの関係を築き上げている。

『海軍を組織するつもりだ』

ジュリアーノに計画を伝えた時、彼は大笑いした。あまりに非現実的だと思ったのだろう。

だがガイウスは真剣だった。現在、この大陸で戦争の舞台は常に陸だ。それは造船技術が未発達であることと、造船に金がかかることが理由だろう。船を一隻作るよりも、大砲を一つ作る方が早いし安い。これまで作り続けた物を量産するのは容易いが、新しいものを作り出すのはその百倍の時間と金が要るのだ。

だがガイウスは海軍を海賊で組織するという型破りな方法を提案した。

海賊ならば、既に武装した船を持っているし、戦うための兵力もある。なにしろ海を根城とし、暴力でもって他者から奪う者たちなのだから。

『海賊の中にも、義を重んじる者がいるはずだ。賊ではなく、官軍として民に認められたい者はいないか探ってほしい』

大西海には大規模な海賊がいくつか存在している。その長は、軍と呼べるほどの規模の人員を掌握できる人物だ。それだけで傑人と言えるだろう。

また海賊の中には、自らを義賊と呼ぶ者たちも存在する。無論口だけの者もいるが、貧しい者からは奪わず、金持ちや王侯貴族からのみ強奪するといった、ある種の信念のある者たちがいることを、ガイウスは知っていたのだ。

するとジュリアーノは「なるほど、こりゃ面白れぇや」と目を輝かせた。一か八かの勝負になりそうではあるが、可能性がないわけではないと考えたらしい。

こうしてやる気を出したジュリアーノの奔走《ほんそう》のおかげで、大海賊フェリペ・ロドリゲスと契約することができたのだ。

『ガイウス・ジュリアス・チェザレ・カタネイがヴァレンティア公主の座に就いたあかつきには、フェリペ・ロドリゲスを海軍総督とし、グランデージを領地として与える』

グランデージとは、ヴァレンティア公国にある大きな港町だ。ヴァレンティアから大西海へと向かう玄関口ともいえる要所である。海賊たちがよく襲撃をかけてくる街でもあり、この街の総督という座は、フェリペにとっても十分名誉となる地位だろうと考えたのだ。

実際、フェリペはこの条件に満足げな表情を見せた。

この契約に一つ難点があるとしたら、ガイウスがまだ公主ではないことだ。

ガイウスが公主となるためには、大掛かりな下準備が必要だった。

大きな問題として、ガイウスが庶子であることがあった。

マルエル教を国教とするこの国では、神の認めた婚姻関係にない男女から生まれた子どもは『何人《なんぴと》の子にも非ざる子』とされ、相続権を一切持たない。すなわち、庶子であるガイウスには父の後を継ぐ権利がないのだ。

だが、一つだけ方法があった。

英雄となることである。

カタネイ家は、古い時代の皇帝の庶子から始まる家系である。コジモ・ルイス・カタネイという名のカタネイ家の始祖は、聖地ルワンを異教徒から奪取した英雄だ。偉業を成し遂げたことで民衆から絶大な支持を得て、庶子であるにもかかわらず皇帝がヴァレンティアの領地を与えたのである。

とはいえ、これは例外中の例外と言える。よほどの影響力を持つ人物でない限り、ガイウスが公主位を継ぐことをマルエル教会は認めないだろう。

だが逆を言えば、教会が認めざるを得ないほど、民衆の支持を得ればいいのである。

そのために、ガイウスは何年もかけて準備を整えてきたのだ。

そうして今年、ようやく時が来た。

酒浸りだった父が倒れたのだ。息はあるものの入眠傾向が強く、もって数日だろうと医師が診断した。このまま父が死ねば、公主の位は兄に移ってしまう。

ガイウスはすぐさま行動した。

かねてから計画していた通り、フェリペにヴァレンティアへ襲撃をかけてもらったのだ。イルマニ反乱で未だ立ち直れていないところへ、海賊の来襲である。しかも、義賊として有名であった大海賊フェリペ・ロドリゲスだ。『民が飢え苦しんでいるのを救おうともしない王ならば、いない方がマシだ』と豪語して大暴れすれば、民の今の王への倦厭も高まるというものだ。とはいえ海賊の暴力は受け入れられるものではない。腑抜けの次期公主は当てにならず、頼みの綱であった傭兵たちももういない。このまま海賊によって街が落とされてしまう、と民衆が諦めかけた時に、ガイウスがジュリアーノら傭兵を率いて現れたのである。武装した兵士らの勇ましい姿に、民衆は希望の光を見たに違いない。

ガイウスは大海賊フェリペと対峙し、説き伏せて配下にするという演出までしてみせた。無血で敵を退けただけでなく、義賊として民衆から一目置かれるフェリペ・ロドリゲスを仲間にしてしまった。

――英雄の出来上がりである。

民衆からの絶大な支持を得たガイウスは、死にかけて意識が朦朧《もうろう》としている父のもとへ行き、教会への嘆願書にサインをさせた。無論、ガイウスをヴァレンティア公主にする許可を求める内容だ。ガイウスが大海賊を退けたという噂は教会にも届いており、ほどなくしてガイウスの襲位が認められた。

その二日後、父は息を引き取り、奇しくも身体の弱かった異母兄まで後を追うように亡くなった。

こうしてガイウスは晴れてヴァレンティア公主となったというわけである。

(――最期まで苦しませてやれて、本当に良かった)

ガイウスは毒にもがき苦しむ父の顔を思い出し、うっすらと微笑んだ。

あの男だけは、この手で殺さねば気が済まなかった。母が苦しんだのと同じ方法で殺してやることができたのは、僥倖《ぎょうこう》としか言いようがない。ちなみに、修道院にいた継母は、とっくに始末していた。

異母兄に対しては、それほど個人的な恨みはなかったが、生かしておくわけにはいかなかった。なにしろ、前公主唯一の正統な血筋だ。計画の邪魔でしかない。

けれど大人しいだけの病弱な人間だと思っていた兄も、蓋《ふた》を開けてみれば卑劣《ひれつ》で傍若無人な屑《くず》のような男だった。使用人たちだけではなく、己の妻にも暴言暴力が日常茶飯事であったらしく、兄が死んだ後も、誰一人その死を悲しむ者はいなかった。

さすが、あの父と義母の血を引いていただけあったということか。

「血か」

ガイウスは一人、吐き捨てた。

その忌々しい血が自分の中にも流れているのだと思うと、なんとも皮肉だ。

だが同時に、血がどうした、とも思う。己があれらと同じになる理由はない。

人が生きることと、血筋はなんの関係もない。

「要は、なんのために生き、なにを成すか、だ」

人間など要するにそれだけだ。

父も兄も、それがない者たちだった。生きるための信念や目標を持たず、与えられるものを当たり前に享受してただ日々を流されるままに生きていた。だから、なにも成せなかった。

(家畜のような者たちだ)

そう思ったが、否、と首を振る。

家畜の方がまだマシだ。家畜は人の食糧となれる。父たちを食えば、腹を壊しそうだ。

父、兄、義母——己の殺してきた者たちを振り返り、ガイウスは目を細める。

自分がどう生きるか——彼らはそれについて考えてみたことはあったのだろうか。

ガイウスにとって生きることとは、ルイーザと共に在ることだ。

だから、彼女を取り戻す。そのために、成すべきことを成してきた。

「待っていろ、ルイーザ」

薄暗い夜明けの空を眺めながら、ガイウスはここにはいない妻に語りかけた。

もうすぐ、君の傍に行く。

第三章　恋情

ロレンツォ・アニャデッロという男を初めて見た時、ルイーザは正直なところ驚いた。

（なんて若々しい……！　とてもお父様とお年が近いなんて思えないわ）

ロレンツォは、壮健という言葉がぴったりの凛々しい紳士だった。

茶色の髪はふさふさと豊かで、がっしりとした肩幅、スッと伸びた背筋、なにより覇気《はき》のある表情はとても五十路手前の男とは思えない。

ロレンツォは目を瞠るルイーザに優しく微笑みかけると、その手を取って口づける真似をした。真似だけで唇を付けないのがまた紳士的で、ルイーザの中でぐんと好感度が上がる。

「初めまして、ルイーザ様。お会いできて大変光栄です」

美辞麗句を使わない爽やかな挨拶《あいさつ》に、ルイーザはホッと肩の力を抜くことができた。

結婚相手であるロレンツォが訪問するということで、朝からずっと緊張し通しだったのだ。

「まあ、わたくしこそ、お会いできて光栄ですわ、ロレンツォ様」

無事に淑女らしく挨拶できて、ひとまず肩の荷が下りた。

皇族として外交の場に立つのが久しぶりだったので、どじを踏んだらどうしようと心配していた。それに、夫となる人がとんでもなく傲岸不遜《ごうがんふそん》だったらどうしようという不安もあった。

(……でも、その心配は杞憂《きゆう》だったみたいだわ)

第一印象は非常に良い。飾らない言動や弁《わきま》えられた所作に、年を経た大人の男性の余裕が見えて、とても安心感があった。

娘の和《なご》やかな表情に、父帝は満足そうに「うんうん」と頷き、窓の外の景色を指した。

「我が宮殿は今花盛りでしてな。よろしければ散策なさってください。ルイーザ、ご案内して差し上げなさい」

二人きりにしようという意図が見え見えである。

父のこれ見よがしなお膳立《ぜんだ》てを少々気恥ずかしく思いつつ、ロレンツォの方をちらりと窺うと、彼はクスリと笑って頷いてくれた。

「是非。よろしいですか、ルイーザ様」

言って、手を差し出されたので、ルイーザはその手に自分の手を重ねて頷いた。

「はい。もちろんですわ」

「では、参りましょう」

ロレンツォはニッコリと笑うと、すいとルイーザの手を自分の左肘へと促す。

スマートにエスコートの体勢を取られ、戸惑う暇もない。

こうして満面の笑みの父親に見送られ、ルイーザはロレンツォと庭へ出ることになった。


「これは見事だ」

ルイーザの歩調に合わせてゆっくりと歩くロレンツォが、薔薇《ばら》園の中で感嘆の声を上げる。薔薇園はこの宮殿の庭の中ではとても少女趣味な作りになっていて、父や五人いる兄たちはあまり近づかない場所である。

だからロレンツォの賛美も社交辞令かと思ったが、彼は実に楽しげに庭の薔薇を観察していた。

「薔薇がお好きなのですか？」

「ええ。薔薇というよりも、美しいものはすべて好きですね。薔薇もしかり、百合もしかり。花や木や空といった自然の美も、絵画や彫刻といった美術も、詩や文章といった芸術も、すべて愛すべきものだと思っています」

胸を張って滔々と語る様子に、本当に美を愛する人なのだと、ルイーザは好ましく感じた。

「まあ、素敵ですわ。そういえば、ロレンツォ様は多くの芸術家のパトロンをなさっておられるとか」

「そうですね。美を創り出す者たちは守るべき存在ですから」

「素晴らしい志ですわ」

当たり障りのない会話だけれど、退屈は感じなかった。

ロレンツォと過ごす時間は、澄んだ空気を吸う感じに似ている。心地よく、安心できるけれど、適度な緊張感もある。

（……この人とならば、結婚しても上手くやれるのかもしれない）

まだ会って数時間しか経過していないのになにをわかったように、と自分でも思うけれど、第一印象は大切だという。ロレンツォがこの第一印象のままの人なら、安心して嫁げる気がした。

しばらく他愛ない会話をしながら薔薇園を歩いた後、不意にロレンツォが真剣な顔でこちらを見た。

「我々の結婚についてですが」

我々の結婚――その言葉に、ギクリとルイーザの心臓が軋《きし》む。

「あなたのように若く可憐な姫君が私のような寡《やもめ》に嫁してくださることが、どれほどの苦行か。それがわからぬほど私は愚かではないつもりです」

思いがけない台詞に、ルイーザは慌てて首を横に振る。

「そ、そんなことは……」

ない、と言おうとするルイーザを遮るように、ロレンツォが掌《てのひら》を向けて苦く笑う。

「ルイーザ嬢、これは政略結婚です。私には既に嫡子もおります。あなたに無理強いをするようなことは決していたしませんゆえ、どうぞご安心ください」

『無理強い』がなにを指すか、わからないほど子どもではない。閨事《ねやごと》のことだろう。

まさかそんなことまで言及されるとは思わなかった。青くなっていいのか赤くなればいいのか、反応に困りながらも、ルイーザは自分が安堵《あんど》していることに気がついた。

（わたくしは……なにを、ばかな。結婚すれば、求められて当然の行為よ）

安堵するなど、ロレンツォに失礼ではないか。

「無理強いなどと……。ロレンツォ様がそのようなことをなさるとは、わたくしも思ってはおりません」

それは本当の気持ちだった。

ロレンツォがどんな人間なのか、すべてがわかっているわけではない。それでも今彼から受ける印象に、女性に乱暴をするような粗暴なものは感じられなかった。

ルイーザの精一杯の言葉に、ロレンツォは我が子を見るような、優しい眼差しになった。

「ありがとう、ルイーザ様。そのお言葉だけで、今は十分です。私は決してあなたを悪いようにはしません。どうぞ気を楽にして嫁いできてください」

思いやりに満ちた未来の夫の台詞に、ルイーザはぎこちない微笑みを返して頷く。

そうするのが精一杯で、言葉は出てこなかった。

＊＊＊

「お姉様、ロレンツォ様はいかがでした？」

久々に会ったすぐ下の妹テレーズが、ひっそりと耳打ちをしてきた。

昨年、この国のヴォルフェック公爵のもとに嫁いだテレーズは、ふっくらとしたお腹を淡いブルーのドレスに包んでいる。

テレーズはロレンツォ訪問を受けて父帝が開いた舞踏会に夫と共にやって来たのだが、そのお腹があまりにも大きくてルイーザはハラハラしてしまう。舞踏会どころか、ベッドで休んでいた方がいいのではないか。

「ねえ、テレーズ。立って歩いていて大丈夫なの？　なんだか、もう今にも生まれそうに大きいじゃない……」

妹の華奢な身体と大きなお腹が、なんだか非常にアンバランスに見えて心配になってしまうのだ。

だがテレーズはカラカラと笑った。

「まあ、お姉様ったら。生まれるのは秋だって言ったじゃないの」

「そ、そうだけれど……。でも、そんなに歩いたりして……」

「ご心配なさらないで。お医者様にももっと運動した方がいいって言われているくらいなのだから。ねえ、それよりもロレンツォ様よ。お父様と同じ年くらいって聞いていたけれど、とっても若くて逞しくて……素敵な方じゃない？」

うふふ、とはしゃいだ声で言われて、ルイーザは微笑んだ。

昔からこの妹は、男女の恋愛話が大好きなのだ。

(結婚しても変わらないわね)

「ええ、本当に。わたくしも……少し心配だったけれど、ロレンツォ様のような方なら安心だわ」

ルイーザの答えに、妹は少しびっくりした顔になった。

「まあ、安心ですって？　お姉様、あの方を見てそんなふうにお感じになったの？」

そんなに驚かれるようなことを言っただろうか。

テレーズの反応に、こちらの方が目を瞬いてしまう。

「え、ええ……。他にどんなことを感じるというの？」

「いやだ。だってお姉様、あの方、とっても色っぽいじゃない！」

「ええ？」

思いもよらないことを言われて、ルイーザは目を白黒させた。

(色っぽい？　ロレンツォ様が？)

そもそも色っぽいという表現は、どちらかというと女性に対して使うものではないのか。

少なくとも自分は、これまで男性に使ったことがなかった。

ルイーザは思わず、少し離れた場所で父たちと談笑しているロレンツォへ視線をやった。

「色っぽい……？」

よほど怪訝《けげん》な顔をしていたのだろう。

姉の顔を見たテレーズが、呆れたようにため息をついた。

「あんなに艶めいた男性を見て、よりによって『安心』という言葉が出てくる女性がいるなんて……！」

(艶めいた？)

妹の発言にまたもや首を傾げたくなりながら、ルイーザはもごもごと言い訳めいたことを口にする。

「え、だ、だって……。ものすごく紳士的で、落ち着いていらっしゃるじゃない……？」

するとテレーズは驚愕したようにクワッと目を見開いた。

「落ち着いて、ですって!?　お姉様、目は確か!?」

「えっ……」

妹のあまりの勢いに、ルイーザはたじたじになってしまう。

「わたくし、あの方ほどの色男は見たことがないわ！　まさに水も滴るいい男というやつよ。男の色香がだだ洩れというか、零れ落ちているというか、もう立っているだけで女性を惹きつけているじゃない！」

「ひ、惹きつけ……？」

「見てごらんなさい！　ロレンツォ様の周りを！　女性たちがあからさまに秋波《しゅうは》を送っているでしょう!?」

よく見て、とばかりに腕を摑まれてロレンツォの方に顔を向けられ、ルイーザは仕方なくもう一度そちらへ視線をやった。

すると、確かに周囲の女性たちがロレンツォにうっとりとした眼差しを向けていた。

「ほ、本当ね……」

まあすごい、と感想を述べると、テレーズはあんぐりと口を開けて、残念なものを見るような目でこちらを見つめてくる。

「呆れた……あんなに女性を惹きつける魅力に溢れた殿方を見て、なんとも感じないだなんて……」

「ええ……？」

呆れられてしまった。

自分がおかしいのだろうか、と残念な気持ちになってきて、ルイーザは狼狽えながら改めてロレンツォを観察する。

年齢を感じさせないほど引き締まった体軀に、若々しい美貌。少し目尻の下がった目が甘い印象を与えている。

確かに、見目麗しい男性ではある。

だがそれだけだ。テレーズの言うような『ただ洩れな色香』というものは、あまり感じられなかった。

「……ええと、あなたの言う『色香』はよくわからないけれど、ロレンツォ様はとても紳士的で礼儀正しい方だから、上手くやっていけると思ったのよ」

もう一度自分の見解を述べると、テレーズは呆れ顔から少し心配そうな顔に変わる。

「お姉様……ロレンツォ様に男性としての魅力を感じていらっしゃらないのね」

「え……」

指摘され、ルイーザはギクリとした。

（……男性としての魅力……）

正直、そんなことを考えてみたこともなかった。

呆然とするルイーザに、テレーズは頬に手を当ててフウとため息をつく。

「素敵だなと感じる男性には、胸がドキドキと高鳴って、彼に触れられたい、彼に触れたいっていう気持ちが込み上げてくるものよ。お姉様、ロレンツォ様にそういう気持ちにはならないのでしょう？」

「――」

ルイーザは息を呑んだ。

ロレンツォ相手には、確かにそんな気持ちにはならない。

だがテレーズの言うのとまったく同じ気持ちを経験したことはある。

愕然とした表情で黙りこむ姉に、テレーズはようやく自分の失言に気がついたらしく、慌てたように付け足した。

「でもまあ、心配なさらないで。一緒に暮らすうちに、愛情が芽生えるということもあるでしょうし。だってロレンツォ様はあんなに魅力的な方ですもの！」

取り繕うような妹の台詞が頭をうわ滑りしていくのを感じながら、ルイーザは曖昧に微笑む。

心に浮かんだ人の名を、必死に打ち消しながら。

＊＊＊

アドリアーチェ共和国への輿入れの日は、あっという間にやって来た。

涙ぐむ母と抱擁し、父に最後の挨拶した後、六頭立ての豪奢な馬車に乗せられて、ルイーザは故郷を後にした。

シャリューレからアドリアーチェの首都までは馬車で三日の道程だ。

大勢の護衛を連れた輿入れの馬車は、二日目に国境沿いの街に入った。この街を越えればアドリアーチェに入ることになる。

今日も、もう既に長時間馬車に揺られており、振動と騒音にうんざりしながら、ルイーザは車窓からの景色を眺めた。

十三年前にも、同じように馬車に乗せられて故郷を出た。あの時は西へ向かったが、今回は南だ。

（……帰りは海路だったわね）

泣きながらホフレと一緒に船に乗ったのを、昨日のことのように思い出せる。あの時は国に戻されたが、今回は戻ることはなさそうだ。

それが良いことなのか悪いことなのか、今のルイーザにはわからない。

ただ一つ願うのは、未だにこの胸に巣くう過去の恋情が消えてくれることだ。

この先の人生を共に生きる人は、ガイウスではなくロレンツォなのだから。

そんな重苦しい思考を巡らせているうちに、国境にある関所に到着した。

父のつけてくれた護衛たちが守ってくれるのは、シャリューレ神聖国の領土の中だけだ。

（ここからは、アドリアーチェの護衛に代わるのね）

すなわち国境を越えてより先、ルイーザはアドリアーチェの人間になるということだ。

父の庇護下からロレンツォの庇護下へ――誰かに庇護されなくては生きていけない己の脆弱さに情けなさを覚えつつも、そこに自分の務めがあるのだと顔を上げる。

車窓の外が騒がしくなってきた。アドリアーチェの護衛も揃っているのだろう。

いよいよ嫁ぎ先に引き渡されるのだと思うと、さすがのルイーザも緊張してくる。

（――皇女として背筋を伸ばして……）

シャリューレ神聖国の恥とならぬよう、アドリアーチェの使者と面会しなければと居住まいをただした時、ガタン、と大きな振動と共に馬車が大きく揺れた。

（――え!?　なに!?）

馬車の外で怒号が飛び交う。一人ではない。複数だ。馬の嘶《いなな》きが聞こえ、ドカッとなにかが馬車にぶつかる衝撃があった。まるで馬車に体当たりしているかのようだ。

『皇女様をお守りしろ！』という怒声が上がり、一気に外が騒然とした。金属同士がぶつかり合う高い音がする。剣戟《けんげき》の音だ。

(――まさか、襲撃!?)

この輿入れの馬車には、相当数の護衛が付けられている。大国の皇女の輿入れなのだから当然だ。シャリューレとアドリアーチェの同盟を快く思わない国は、エランディア以外にもたくさんある。

とはいえ、まさか本当に襲撃されるとは思いもしなかった。

皇女を狙えば、シャリューレとアドリアーチェの両方を敵に回すことになる。

二つの大国を相手にできる国は、この大陸にはないと思っていたのに。

(どうしよう……！　逃げるべきなの!?)

この馬車を襲ったのならば、間違いなく狙いは自分だ。

拐《かどわ》かされるか、殺されるか――どちらにしても最悪であることには変わりない。

まず外の状況を確かめなければ、と窓を覗こうとした時、ものすごい音と共に馬車が大きく揺れた。目を回していると、ドアが抉《こ》じ開けられ、黒い塊《かたまり》が飛び込んでくる。

「――っ！」

黒い塊だと思ったのは、黒ずくめの衣装を身に着けた男だった。

ルイーザは悲鳴を上げる間もなく口を塞がれ、首の後ろを強く摑まれる。

すべてがあっという間だった。

(――あ)

サァッと視野が狭まり、視界が灰色になっていく。

「おやすみ、ルイーザ」

優しい声がした気がしたが、その時にはもうルイーザの意識は闇に沈んでいた。

＊＊＊

「ルイーザ」

自分の名を呼ぶ低い男性の声が聞こえてきて、ルイーザはゆっくりと瞼を開いた。

ぼんやりとした視界が時間をかけてクリアになっていき、目の前に驚くほど美しい顔があることに気づく。

男らしい精悍《せいかん》な美貌――鼻筋の通った高い鼻梁《びりょう》、形の良い唇、黒く凛々しい眉、そして切れ長の目がとても印象的だ。狼のような灰色の瞳で、こちらをじっと見つめている。

「……だぁれ？」

ルイーザは夢と現《うつつ》の狭間を揺蕩《たゆた》いながら訊いた。まだ眠いせいか、なんだか舌足らずな言い方になってしまった。

「私だよ、ルイーザ」

美貌の青年が微笑んで答える。

そんなことを言われても、知らない人だ。一体誰なのだろう。

「……わたし？」

「君の夫だよ」

夫、と言われて頭に浮かんだのはガイウスだ。

けれどすぐに「違う」と心の中で訂正する。

ガイウスではない。夫となるのは、ロレンツォだ。

ガイウスはもう他の女性と結婚してしまったのだから。

「……違うわ。わたくしの夫は、あなたじゃない」

ルイーザは小さく笑いながら言った。

ルイーザの夫はロレンツォで、目の前の見たことのない青年でないことは確かだ。

皇宮にいる者なら誰でも知っている当たり前のことなのに、何故この青年はそんな嘘をつくのだろうとおかしくなってしまう。

（——ああ、そうか。これはまだ夢なのね）

夢ならば、多少おかしいことが起こっても不思議ではない。

美しい青年は、自分の言葉を否定されたのが気に食わないのか、不機嫌そうに口の端を下げた。そんなふうにすると、まるで「待て」をさせられたホフレのようだ。

故郷に置いてきた愛犬を思い、ルイーザはクスクスと笑う。

よく見ればこの青年も、ホフレと同じような艶やかな黒髪をしている。

「あなた、ホフレに似ているわ」

ルイーザが言うと、青年は目を丸くした後、フッと笑った。

「犬は飼い主に似るというからな」

「あら、違うわ。ホフレの飼い主はわたくしよ」

自分の愛犬を勝手に取らないでほしい。

ムッとして反論すると、青年は黒い眉を上げた。

「でも、元は私の犬だ」

「――なんですって?」

聞き捨てならない。

ルイーザは唇を尖らせて抗議する。

「ホフレは、元はガイウスの犬よ。ガイウスがわたくしに託してくれて、だから今はわたくしの犬なの!」

あなたの犬じゃありません、と強く主張すると、今度は青年がクスクスと笑い出した。

「だったら、やっぱりホフレは私の犬だ。私がガイウスだから」

「――なんですって!?」

ルイーザはもう一度同じ言葉を繰り返す。
この青年は今なんと言ったのか。
夢の中なのに、心臓がバクバクと音を立て始めた。
そんなルイーザの動揺など知らぬとばかりに、青年が笑う。
泣きたくなるほどきれいな笑顔だった。
「私がガイウスだ。遅くなってすまなかった。——迎えに来たよ、ルイーザ」
(……ああ、やっぱり夢ね)
青年の言葉を聞いてルイーザはそう納得すると、再び昏倒した。

＊＊＊

めそめそ泣くルイーザの手を、少年が握る。
そしてそっと手の甲に口づけを落とした。
『我が愛と忠誠と献身は、永遠に最愛の妻ルイーザに』
誓いの言葉に、ルイーザは涙を零す。
嬉しい。
ガイウスは自分の夫だ。

そして自分はガイウスの妻。

永遠に――未来を保証する言葉に、胸がいっぱいになった。

(ガイウス、大好き)

そう告げようと口を開くと、自分の小さな手を掴むガイウスの手が何故かぐんぐんと大きくなっていく。

驚いて彼の顔へ視線を移すと、そこには美貌の青年が立っていた。

『おままごとはもうおしまいだよ、ルイーザ』

冷笑を浮かべて、青年は告げる。

目の前の男性が大人になったガイウスだと、不思議とルイーザにはわかっていた。

(……おままごと?)

それはどういう意味なのか。

あの誓いは子どものお遊びでしかなかったと、そういうことなのか。

『では、妻が待っているから』

愕然とするルイーザを置いて踵《きびす》を返す青年に、必死に手を伸ばした。

(行かないで！　行かないで、ガイウス！　わたくしを置いて行かないで！)

叫びたいのに、声は喉に貼り付いたように出てこない。

行かせまいとしがみつくルイーザの腕を振りほどいて、ガイウスは歩き出す。

その隣には、見たことのない女性がいた。

（やめて……いやよ……！　いやよ、ガイウス……！　行かないで！）

胸が張り裂けそうだ。

どうして。待っていたのに。

ずっとずっと、あなただけを信じて、待っていたのに。


「いやあ！」

「ルイーザ！」

自分の悲鳴と同時に、低い声がルイーザの名を呼んだ。

ハッと目を開けると、目の前には夢の中と同じ美貌がある。

「――ッ、裏切り者！」

夢の中で置き去りにされた怒りの衝動のままに、ルイーザは手を振り上げた。

パン、と小気味よい音が響いて、自分の掌が熱くなる。

「……え？」

そこで初めて、ルイーザは覚醒した。

「夢……？　じゃない……？」

呆然と自分の手を見下ろす。掌がじんじんとしていて、自分が今目の前の人を平手打ちにした現実に、ようやく我に返った。

顔を上げると、左の頬を赤くした美貌の青年が、目を丸くしてこちらを見つめている。

「ご、ごめんなさい！　ゆ、夢だとばかりっ……！」

慌てて彼の頬の具合を見ようと顔を近づけると、青年がふわりと微笑んだ。

「眠りながら、私の名前を呼んでいたね」

「えっ……」

あの夢を見ながら寝言で名前を呼んでいたとすれば、それはガイウスの名だ。

ルイーザは青年の顔をじっと見ながら、おそるおそる訊ねる。

「……あなた、ガイウスなの？」

青年は微笑みを深くして頷いた。

「そうだよ、愛しいルイーザ。君の夫だ」

改めて肯定されて、ルイーザは記憶の中のガイウスと目の前の男を照合する。

ルイーザの知るガイウスは、十一歳の少年のまま止まっている。

目の前の青年とは身体の大きさもさることながら、声も、顔も違う。

（……でも、この人はガイウスだわ）

灰色の瞳があの頃のままだ。きっと暗がりでは、銀色に光って見えるはず。

そしてなにより、ルイーザの本能のようなものが言っている。

――この男が、自分の夫だと。

(なにをばかな)

自分の中に湧き起こった感覚を、ルイーザは即座に打ち消した。

自分の夫となる人は、ロレンツォだ。

ガイウスではない。

ルイーザは目の前の男を胸の中から締め出すように瞑目した。

「……あなたがガイウスなのだったら、あなたの妻はわたくしではないはず」

思ったよりも低い声が出て内心驚いたが、止めなかった。

ルイーザは目を開き、強い眼差しでガイウスを見る。

「あなたは他の女性と結婚したのでしょう?」

訊ねながら、自分が祈るようにして答えを待っていることに気づく。

父から聞いたことだから間違いはないだろう。だが、それでも万が一、それが嘘であったらと、未練がましく思っていた。

だがルイーザの願いも虚しく、ガイウスはなんでもないことのように首肯した。

「ああ、そうだったな。亡くなった兄の妻を半年前に……」

わかっていたのに、ルイーザはまたもや衝撃を受けてしまう。

「……そう。そうよね……」

もう十二年も経っている。子どもの頃の約束を未だに信じて執念深く待ち続けている方がおかしかったのだ。

ガイウスにとってあの誓いは子どものおままごとでしかなかった。

永遠だと信じていたのは、ルイーザだけだった。

自嘲と悲嘆が胸の中で渦巻いている。吐きそうな気分だったけれど、ガイウスの前で無様な真似はしたくない。

この男の前では、皇女としての――いや、女性としての矜持を失いたくなかった。

黙りこんだルイーザを他所《よそ》に、ガイウスは飄々とした口調で喋り出す。

「そんなことよりも、きれいになったね、ルイーザ。あの頃も天使のように愛らしかったけれど、今はまるで春の女神のようだ。君をこの腕に抱く日を、どれほど夢見たことか……！　愛している、私の最愛の妻……」

大事な話を聞き流されたばかりか、浮かれた口調でそんなことを言われて、ルイーザは耳を疑った。

「そんなこと？　そんなことですって……？」

ルイーザはガイウスを睨む。

この男はなにを言っているのだろう。

結婚したと言ったその口で、妻ではない女に愛を告げるなんて。

「……あり得ない！」

屈辱に、涙が込み上げた。

この男は、自分をなんだと思っているのか。愛妾にでもするつもりなのか。

「あなたは妻帯者でしょう！　妻がいながら、わたくしにそんな戯言《ざれごと》を……！」

怒りに震えるルイーザに、ガイウスは不思議そうな顔で首を傾げる。

「私の真実の妻は君だけだ。愛している、ルイーザ」

「ふざけないでちょうだい！」

怒りが頂点に達し、ルイーザは再び目の前の美貌に平手を叩き込む。

今度は渾身の力を込めたおかげで、バシンと大きな音が鳴った。

「かつて愛と忠誠を誠実に誓ってくれたあなたが、そんなことを言うなんて！　わたくしを侮辱するのもいい加減にして！」

ルイーザの怒りに、ガイウスはきょとんとしている。

「侮辱などしていない」

「妻帯者のくせに、わたくしに、あ、愛を囁くことが、侮辱なのです！」

話の通じなさに、怒りを通り越して悲しくなってきた。

涙に、鼻水に、ひっ、ひっ、と泣き吃逆《じゃっくり》まで出てきて、ルイーザはやるせなくなった。

なんて無様なのだろう。自分がみじめで、情けなくて、もう消えてしまいたい。

「ルイーザ、落ち着いて」

まるで頑是《がんぜ》ない子どもを宥めるように背中を撫でられて、ルイーザはカッとなった。

ガイウスの手を振り払い、涙と鼻水でぐしゃぐしゃの顔で睨みつける。

「触らないで！　わたくしに触れていいのは、わたくしの夫だけ！　あなたではないわ！」

怒りのままに叫んだ台詞に、ガイウスは瞠目した。

それから口の両端をゆっくりと吊り上げて笑う。

先ほどまでの優しげな微笑みではない。獲物を定めた肉食獣のような、酷薄な笑みだった。

灰色の瞳は銀に変わり、黒い瞳孔がこちらをまっすぐに射貫く。

ゾッとして、ルイーザは思わず両腕で自分の身体を抱き締めた。

「君の夫だって？　私でないなら、誰のことを言っている？」

ひどく平坦な口調が、ルイーザの怯えに拍車をかける。

口を噤んで震えていると、ガイウスがおやおやというように片方の眉を上げた。

「……答えたくないと？　ああ、それが賢明かもしれない。他の男の名が君の口から出た途端、私はなにをするかわからないから」

常軌《じょうき》を逸した発言に、ルイーザは怯えながらも苛立った。

本当に、なにを言っているのだろう、この男は。

他の男？　自分こそ他の女を娶ったくせに、ぬけぬけとなにを言うのか。

「あなた、どうかしているわ！」

精一杯の反抗に、ガイウスはうっすらとした笑みを浮かべて両手を広げる。

「それは間違いない。君を愛しすぎて、どうかしている自覚はあるんだ。……さあ、もう無駄な問答はやめよう。私は早く君を取り戻した実感を得たいんだ」

言いながら抱き締めようとするので、ルイーザは両手を振り回して抵抗した。

「いや！　いやよ！　触らないで！」

するとガイウスは小さく嘆息し、ルイーザの両手首を摑んで華奢な身体を押し倒した。

ボスン、と頭が柔らかいものに当たって、ルイーザは自分がベッドの上にいたことを知った。

目を開けると、こちらを見下ろしている銀色の瞳とかち合う。

「……やめて。わたくしに触れていいのは、夫となるロレンツォ様だけよ」

先ほど忠告されたにもかかわらず、ルイーザは敢えてロレンツォの名前を口にした。

彼を怖いと思っているくせに、同じくらい挑発してやりたいと思う挑戦的な自分がいた。

ピクリ、とガイウスの下瞼が痙攣《けいれん》する。

「……夫、ね。自分の置かれた状況を理解できていないらしい。君は輿入れの途中で誘拐されたんだよ、この私に」

その言葉に、ルイーザはギョッとなった。

頭の中に、意識が途切れる前の記憶が一気に蘇る。

(誘拐? 誘拐——そうだわ! わたくし、アドリアーチェへ向かう途中で、馬車を襲撃されて……!)

では、あの襲撃はガイウスの仕業だったということか。

「わ、わたくしを誘拐なんて……! そんなことをしたら、父が黙っていないわ! それに、ロレンツォ様だって……」

「忠告したはずだ。他の男の名前を口にするなと」

言うや否や、ガイウスは覆い被さってルイーザの唇を奪った。

「ん、んぅうう!」

ルイーザは呻いた。頭を振って逃れようとするのに、ガイウスの大きな手が頭を押さえていてままならない。そうこうしているうちに、ぬるりとしたものが唇を這ってギョッとする。

身を仰け反らせようとするのに、覆い被さるガイウスが重たくて動きようがなかった。それでも諦めず身じろぎしていると、ルイーザの動きを封じるように、ガイウスがさらにのしかかってきた。

やめて、と制止の声を上げようとして口を開けば、それを待っていたかのように熱く湿った肉厚の舌が歯列を割って入り込んだ。

「んっ、んんっ……、う、むぅうう！」

口の中に侵入した舌は、最初こそ逃げまどうルイーザの舌を宥めるような動きで撫ぜていたが、ルイーザが嚙みつこうとした途端、猛攻撃をしかけてきた。絡め取られ、互いの粘膜を擦り合わせるように扱《しご》かれる。

自分の口腔に他人の身体の一部が入り込むなんて経験は、生まれて初めてだった。

他人の粘膜に味があるなんて知らなかった。それがいやではないと感じている自分に、ルイーザは驚いた。

「ん……ふ、ぅ、んっ……」

溜まった唾液が口の端から零れそうになり、反射的に飲み込む。

それを褒めるように、ガイウスの手が背中をゆっくりと撫でる。大きな手は衣類越しにも伝わるほど温かかった。

その感触を心地いい、と感じてしまうのはどうしてなのだろう。

ガイウスに腹を立てているはずなのに。

考えなくてはならないことが山のようにある。それなのに、ガイウスにキスをされていると、それらすべてがどうでもよくなってしまうのだ。

（……ガイウスは、結婚してしまったのに……！）

どうしてそれが自分ではないのだろう。

ガイウスの隣で笑い、泣いて、彼と共に生きていくのは、自分だったはずなのに。

閉じたままの目の端から涙が零れたけれど、ガイウスの指がすぐさま拭ってしまう。

（やめて……）

ルイーザは目を閉じたまま思う。

そんな優しい仕草をされると、怒りも悔しさも悲しみも、消えてしまうから。

心をかき乱され、ルイーザの抵抗が弱まった。

それを見て取ったガイウスはようやく絡めていた舌を解いて、彼女の歯列や上顎を尖らせた舌先で擽《くすぐ》り始めた。

頤《おとがい》に細やかな泡が弾けるような快感が立ち上《のぼ》り、皮膚がゾクゾクとした。

「っ……ん、ん、ぁっ」

甘えるような鼻声が自分から出たことに、ギョッとして目を見開く。

ガイウスは最後にルイーザの下唇を甘く食んで唇を離した。

上がってしまった息を整えながら見上げれば、銀色の瞳が快楽に揺れながらこちらを見下ろしていた。

「……いやだったか？」

「……え？」

「キスが。私に触れられるのはいやだったか？」

ほんの少し眉を下げて訊ねられ、ルイーザは目を瞬く。

「……いや、では、ないわ……」

彼の表情が不安そうに見えて、思わず正直に答えてしまった。

いやではなかった。それどころか、心地いいとすら感じた。ゾクゾクした快感は、生まれて初めて感じる類のものだったけれど、怖くはなかった。それどころか、逃げているはずだったガイウスの舌に、最後の方は自分から絡ませはしなかっただろうか。

（……もっとしてほしいって……わたくしは、思っていた……？）

ルイーザの反応に、ガイウスは満足そうに目を細めた。

「……嬉しいな。……もう一度、ルイーザ」

うっとりと請われ、自然と目を閉じていた。

当然のように入り込んできた彼の舌は、ルイーザの舌を懐柔するように柔らかく撫でて擽った。その優しさにおずおずと彼を受け入れ、解れかけたところに一気に本気を出される。舐《ねぶ》られ、絡みつかれ、噛みつかれ、啜《すす》られて、嵐のように蹂躙される。最後にはどちらのものかわからない唾液をゴクリと嚥《えん》下《か》させられて、ようやく許してもらえた。

キスの激しさに酸欠になり、ぐったりとしているルイーザを他所に、ガイウスはバサリと服を脱ぎ捨てる。

ルイーザの目にガイウスの美しすぎる裸体が焼きつけられた。

日常的に鍛えられているのが一目でわかる、鞭のようにしなやかな身体だった。盛り上がった筋肉が、野生の獣を彷彿《ほうふつ》とさせる。

あまりの美しさに見入ってしまい、ルイーザは自分が今どんな格好をしているか気づくのに遅れた。

ガイウスの手が、いとも容易く脇腹の肌に触れてようやく、自分が夜着だけのあられもない姿でいたのだと知り、悲鳴を上げてしまう。

「え、ええ!?　わたくしのドレスは……!?」

「ああ、すまない。君を攫った時に汚れたので、脱がせてしまった」

えっ、とルイーザは目を瞬く。脱がせたのは誰で、この夜着は誰が着せたのか。

「この夜着は、初夜に君を抱くために、私が選んだものだ」

頭の中に浮かんだ疑問をすっ飛ばして、ガイウスがそんな恐ろしいことを言う。

「しょ……？　あなたが選んだって……？　あ、待って、ガイウス！」

「待たない」

制止をあっさりと一蹴するガイウスは、ルイーザの抵抗などあってないようなものであるかのように、あっという間にルイーザの胸元のリボンを解いてしまった。

焦る間に彼の手は手早くルイーザの夜着を剥《は》いでいき、生まれたままの姿にさせられる。

ルイーザは、半泣きになりながら叫んだ。

「待ってちょうだい！」

だがガイウスは取りつく島もない。

「待たない。言っただろう、初夜だと。君を取り戻すまで、私がどれほど待ったと思っている。もうこれ以上、一秒だって待たない。君を私のものにする」

細い両手首を頭の上で押さえつけ、ガイウスがルイーザの顔を覗き込むようにして告げる。

その目は怖いくらいに真剣で、ギラギラとしていた。

ルイーザはゴクリと喉を鳴らす。ガイウスの放つ獰猛な緊張感が怖かったからではない。

それだけ求められているのだと思えて、喜びに胸がズクリと疼《うず》いたからだ。

そんな自分が卑猥《ひわい》に思えて、ルイーザは咄嗟に目を閉じた。

「ルイーザ？　目を開けて」

瞑目して精神を立て直そうとしていたルイーザを、甘い声が誘うように請う。

「い、いやです……」

心を立て直すまでにもう少し時間が必要だ。焦りを感じながらも唸るように答えると、
ガイウスがクスッと笑うのが聞こえた。

「いいよ。ではそのまま目を閉じていて」

言うなり、唇を塞がれる。ガイウスの両唇が啄《ついば》むようにルイーザの上唇に触れた。彼の体温が伝わってくる。大きく骨ばった手が伸びて来て、ルイーザの頭とシーツの間に滑り込むと、まるで宝物を抱えるような仕草で頭を包み込んだ。

ガイウスの手の温かさに、ホッと身体の力が抜ける。

緩んだ歯列に、肉厚の舌が入り込んだ。ガイウスの舌は滑らかで、それ自体が生き物みたいだ。ルイーザの感じやすい部分を柔らかく撫でまわすような彼の愛撫に、脳が酩酊《めいてい》していくのがわかる。うっとりとその感覚を味わっていると、自然と腕が動いて彼の首に巻き付いていた。

キスの合間に、「はぁ」と甘い吐息を零し、ルイーザはとろりとした眼差しでガイウスの目を覗き込む。

「ガイウス……」

熱に浮かされたような呟きに、ガイウスがわずかに目を眇《すが》めた。

彼が優しかったのはそこまでだった。

ガイウスは、ルイーザの頭を摑んでいた手に力を込めて固定すると、飢えたように唇を貪《むさぼ》り始める。技巧も意図も微塵《みじん》も感じられない、荒々しいキスだった。生々しい雄の情欲をぶつけられ、ルイーザは息も絶え絶えになりながら、それでも彼を受け入れようと懸命に応戦する。

キスの最中《さなか》、ルイーザの頭を摑んでいたガイウスの手が、頭皮を指の腹で撫でながら首へゆっくりと降りていく。自分の体温より高い男の熱い肌が、敏感な首筋の皮膚を撫でおろしていく感触にぞくりとした。おののきにも似たそれは不快ではなく、それどころか悦びの混じった感覚があった。

ガイウスの手はルイーザの首の細さを確かめるように数回そこを行き来した後、肩甲骨を撫でる。触れられた場所が火を灯されたように熱かった。まるでガイウスの手で全身を燃やされていくかのようだ。

やがて唇が解放されると、ルイーザは口元を涎《よだれ》まみれにしたまま、陶然とした表情でガイウスを見上げた。

ガイウスは微笑んでいた。余裕のある笑みではない。どこか切羽詰まったような、欲望に浮かされたような笑みだった。こちらを見下ろす彼の視線は顔から逸れていて、その先が自分の胸にいっていると気づいたルイーザは、急に恥ずかしさが込み上げてきて、隠そうと腕を動かした。だがそれを察したガイウスに、素早く腕を摑まれて阻まれる。

「ダメだ。見せて」

「……っ！」

ガイウスの力は強く、抵抗できない。それに少し腹が立って、キッと睨み上げてしまう。

だがそんなルイーザのかわいげのない態度にも、ガイウスは笑みを崩さなかった。

「どうしていやなんだ？」

そんなことを訊ねられるとは思ってもいなかったルイーザは、虚《きょ》を衝《つ》かれてポカンとしてしまった。ガイウスは微笑んだまま、自分の返事を待っている。

「……は、恥ずかしいからよ！」

小さな声の返答に、ガイウスが笑みを深くした。

「ふふ……そうか、その顔は恥ずかしいからか。かわいいな」

「……!?」

彼が自分の恥ずかしがる顔を見て喜んでいると理解したルイーザは、カアッと顔に血が上る。

「ば、ばか……！」

ルイーザの渾身の糾弾に、けれどガイウスは肩を竦めただけだった。

「好きな女の恥ずかしがる顔に興奮しない男はいない」

平然と〝興奮する〟などという言葉を使われ、ルイーザはさらに顔を赤らめる。その顔を見て、ガイウスは喉をクックッと鳴らした。

「ああ、本当にかわいいな」

ガイウスの頭がルイーザの胸元に降りていく。

自分の裸の胸を見られていると思うと、恥ずかしくて堪らない。腕を動かそうと必死にもがいたが、それを押さえつけているガイウスの手はビクともしなかった。

「隠さないで。すごくきれいだ」

「……で、でも……」

「見せて。見たい」

きっぱりとした口調で懇願され、ルイーザはついに腕の力を抜いた。けれどガイウスの顔を見ることはできずに横を向く。

「真っ白だな」

そう呟く声と共に、乳房をガイウスの手が包み込んだ。おそらくあの大きな手の中なら、余裕で収まってしまうだろう。実際にその通りだったようで、まろい双丘は彼の両手の中にそれぞれすっぽりと包まれて揉みしだかれた。自分の肉を捏ねられる感触に、眉根が寄った。

（――変な、感じ……）

胸を他人に揉まれるなど初めてだったが、正直に言えば、もっと刺激的な感覚なのかと思っていた。ドキドキはする。だが、気持ちがいいかと言われたら、首を傾げざるを得ない。

（どうして揉むのかしら……？）

男性にはないものだから、だろうか。実際にガイウスは熱心にルイーザの乳を揉んでいる。

戸惑いながらそんな思考に耽っていたルイーザは、不意に片方の乳首を摘まれて、ビクンと身を撓《しな》らせた。

「ぁあっ！」

「ああ、乳首は感じるのか」

ガイウスが笑いを含んだ声で言い、指で執拗にいたぶり始める。

「あっ、やぁっ、ぁ、んんっ……！」

指で弾いたり摘まれたりするたびに、じんじんとした甘い疼きが下腹部に生まれた。

それが快感だと、自分の奥で眠っていた本能が告げている。快感に身体がどんどんと熱っぽく火照っていき、ルイーザは眩暈を覚えた。

「かわいいな、ルイーザ」

言いながら、ガイウスは舌を伸ばして片方の乳首を舐る。弄《いじ》られていたせいで、痛いほど尖っていたそこは、男の口の粘膜の熱さを鋭敏に感じ取った。

「んぁっ……！」

ドクドクと心臓が鳴っている。

片方を指で、もう片方を舌で弄られて、脳が焼き切れそうな恥ずかしさと快感がルイー

ザを襲う。

ガイウスを押し退けようという考えはもうどこかへ行ってしまっていた。

ルイーザには、彼の与える快楽をひたすら受け止めることしかできない。

「ほら、こんなに真っ赤になって。肌が白いから、すごく映えるな」

凝《こご》った胸の蕾を口から出して、ガイウスが感心したように言った。やっと甘い責め苦から解放されたかとホッとしたのも束の間、ガイウスがちゅ、と肋骨の辺りを吸い上げたことで、また身体がゾクゾクと快感を拾ってしまう。

「あっ、……っ、ぁあ……」

ガイウスはルイーザの身体中に唇を落としていく。時には吸い上げ、時には舐り、どこでルイーザが感じるのかを探っているかようだ。嬌声が上がった場所には、執拗な愛撫を繰り返される。そのたびに身を撓《しな》らせて慣れない快楽をやり過ごすルイーザは、もう既に心身ともになにかが溢れ出しそうな状態だった。

だから膝を持ち上げられた時も抵抗する力は残されておらず、ぐったりとした身体を彼の意のままにされていた。

ガイウスは全裸で横たわるルイーザを眺め下ろし、ふ、と小さな笑みを零す。

ぼうっとした様子のルイーザに、優しい声で囁いた。

「いい子だ」

両膝に大きな手がのって、左右に割り開く。ギョッとして身を強張らせたが、この行為の行きつく先を想像すれば当然の行動だ。その場所を彼に見られるのは、どうしたって避けられない。恥ずかしさと不安をグッと堪えて、身体の力を抜いた。

ルイーザが抵抗をやめたのがわかったのか、ガイウスが目を細める。

「……あまり生えていないんだな」

呟きを耳で捉え、ルイーザはまた顔を赤らめた。自分のそこにはあまり下生えがない。恥毛というにはあまりに薄い、赤ん坊の髪の毛のようなものが生えているだけなのだ。大人の女性ならもっとしっかりしたものが生えるという一般常識を知っているだけに、子どものような自分のそれを見られるのは、やはり恥ずかしかった。

「あ、あまり見ないで……」

「どうして？」

ガイウスが恥丘を掌で覆うようにして、産毛のような下生えを梳く。温かい掌の感触に、ルイーザの腰の辺りの肌が粟立った。

「子どものようで……」

うっかりすると涙が出てきそうで、自然と声が小さくなる。するとガイウスがクスリと笑うのがわかった。

「ばかだな。私は子どもに盛《さか》ったりしない」

「そ……」

それはそうだろうけど、と思ったルイーザは、黒い頭が下がっていくのを目の端に見て悲鳴を上げた。

「えっ……ちょっ……きゃあっ」

なんと仰向けになって開いた自分の両脚の付け根に、ガイウスが口づけたのだ。

あり得ない場所に、ぬるりと熱い感触がした。咄嗟に息を呑み、自分の手で口を覆う。

(し、信じられない、信じられないっ……！)

自分ですら必要な時以外あまり触ったことのない場所を、ガイウスが舐めているのだ。

その事実に頭が沸騰しそうだった。

花裂をねっとりと舌が這う。濡れた感触は、彼の唾液なのか、それとも自分の零した蜜なのか。なにがなんだかわからないまま、ルイーザは身を固くして彼の愛撫を受け止める。

舌先は花弁を丹念に舐めてから、その奥の粘膜へと向かった。

「あっ……！」

舌が蜜口の肉を撫で、浅い部分に柔らかく入り込むのがわかった。だが奥へは行かず、優しく宥めるように舐られる。自分ではないなにかが身の内側で蠢《うごめ》く感覚は、ひどく奇妙だ。

浅い部分の肉を味わうようにしていたガイウスは、やがて両手で花裂を割り開き、指を一本ぬかるみにゆっくりと沈ませた。

「ひ……！」

指とはいえ、硬い異物が自分の内側に侵入する感覚に、身が強張った。

ガイウスの指がくちゅくちゅと音を立てて中を探索する。

「痛い？」

短く問われ、ルイーザは首を横に振った。

「い、痛くは、ないわ……」

「でも気持ちよくもなさそうだな」

苦笑するように呟かれ、なんだか申し訳なくなってしまう。だが閨事の授業で習ったように、気持ちのよい演技ができるほど、ルイーザは器用な人間ではない。そもそも初めてで演技をする余裕などあるわけがない。

どうしよう、と頭の中でグルグルと考え込んでいると、唐突に強い快感に襲われて身体がビクンと震えた。

「あぁんっ！」

ガイウスが陰核を舐め上げたのだ。尖らせた舌先で、包皮の上からチロチロと捏ね繰りまわされる。

「あっ、……あ、っあ、そ、それ、だめ！　いやぁ！」

わかりやすく気持ちのよい突起を嬲《なぶ》られて、ルイーザはあられもない嬌声を上げた。緩急をつけつつ絶え間なく快感を与えられ、五感がキリキリと引き絞られるように緊張していくのがわかる。

陰核に鮮烈な刺激を受ける間も、長い指が蜜襞を掻き分けて蠢いている。指がいつの間にか二本に増えていた。バラバラと交互に動かされ、くちゅくちゅという粘着質な水音が聞こえる。

「ああ、も、……だめ……、ガイ、ウス、おかしくなる……！」

快楽が蓄積し、身体が燃えるように熱かった。ドクドクと、心臓の鼓動が脳裏に重く速く響く。四肢が引き攣《つ》り、プルプルと震えた。白い愉悦《ゆえつ》が、目の前に迫っている。

「あ、あ、あ――……」

あともう少し、という瞬間、ガイウスが膨らみ切った陰核をじゅうっと吸い上げた。

「ヒアアッ！」

ルイーザは甲高い獣じみた声を上げた。ピンと張り詰めた愉悦の糸が弾ける。目の前が稲妻のように瞬き、圧倒的な解放感に身体が弛緩《しかん》した。

「……ぁ……」

ドッと全身から汗が噴き出す。白い世界から徐々に現実に戻ってきたルイーザは、わななく四肢をそろそろとシーツの上に沈めていった。今自分の身に起きたことを、茫然と理解する。

「上手に達《たっ》したな」

ガイウスが口元を手の甲で拭いながら、ルイーザの脚の間で身を起こした。

(これが、達するということ……。確かに、……気持ちよかった……)

返事もせずにぼんやりとガイウスの顔を眺めていると、彼はルイーザの頬を掌でひと撫でし、ベッドの上に置かれていたクッションを引き寄せる。

「ルイーザ、腰を上げて」

促されて身じろぎすると、ガイウスはルイーザの腰の下にクッションを敷いた。わずかにお尻が持ち上がるような体勢になりきょとんとしてしまう。頬にちゅ、とキスを落とされた。

「この方が、負担がかからない」

そうなのか、と目を瞬いているうちに、ガイウスの肘に両膝を引っかけるようにして抱え上げられる。

「あ……」

ひたり、と熱く硬い物がその場所に宛てがわれた。

おしべとめしべ——閨事の授業で学んだ内容がチラリと脳裏をよぎる。この熱い物体がガイウスのおしべで、ルイーザの脚の付け根の場所がめしべだ。めしべにおしべを挿入して、中に子種を放てば完了、と教えられた。

つまり、これは順当な手順で進められているということだろう。

(これが、わたくしの中に挿入《はい》るのね……)

いよいよだと思うと、身が竦んだ。

(わたくしは……ガイウスに純潔を捧げる……)

これは正しいことではない。ルイーザの夫となるべきはアドリアーチェのロレンツォ・アニャデッロであってガイウスではない。愛の伴わない政略結婚であったにしても、純潔を失った花嫁をアドリアーチェが受け入れてくれるだろうか。

それに、ガイウスには妻がいる。ガイウスに抱かれるということは、その女性を苦しませる行為に他ならない。

(……それでも、わたくしはガイウスに抱かれたい)

ずっとガイウスの妻になることを夢見てきた。この身体に触れるのはガイウスなのだと、当たり前のように思っていた。

(ごめんなさい。一度だけ……一度だけでいいの)

ガイウスの妻になれたのだと、嘘でもいいから感じてみたかった。

愚かなことを考えている。愚かなだけではない。とても危険なことだ。皇女として教育されてきた理性が、今すぐやめろと金切り声を上げている。

それを振り払うようにして、ルイーザはぎゅっと瞼を閉じた。

葛藤からガチガチに身を強張らせていると、ガイウスが啄むだけのキスをくれた。

「大丈夫。力を抜いて」

「……は、はい……」

力を抜けと言われてできるなら、緊張などしない。深呼吸してみるも、身体の力を抜けなかった。胸には不安が渦巻いている。振り払おうとしても、そう簡単には葛藤は消えてくれなかった。

緊張したままのルイーザに、ガイウスがこつりと額と額を合わせてきた。至近距離なものだから、焦点の合わない像は歪んで見える。だがガイウスの眼差しが真摯な色を帯びているることだけは見て取れた。

「ルイーザ」

「……はい」

「愛している。この世で大切なのは、君だけだ。私が必ず守る」

じん、と胸が熱くなった。

それが嘘だとわかっていても、嬉しいと思ってしまった。

ガイウスには妻がいる。ルイーザを大切だと思っているのなら、こんなことはしないはずなのに。

じわりと浮かんだ涙を、瞬きをして散らす。

（ああ、わたくし、どうしてもガイウスを愛しているんだわ……）

これがいけないことだとわかっていても、彼に触れたい。もっともっと深く繋がりたい。そう心と身体で実感したら、自然と言葉が飛び出していた。

「……愛しているわ、ガイウス」

涙の小さな粒が睫毛に纏わりついて揺れる。ガイウスはその涙を吸い取るように、ルイーザの瞼に唇を押し当てた。

「私も、愛している。君だけを、生涯、愛し続ける」

低い声で告げられたその一言一言に、我慢していた涙腺《るいせん》が一気に緩む。ボロボロと溢れ出る涙に、ガイウスが困ったように笑った。

「泣かないで、ルイーザ。君に泣かれると、この先に進めなくなってしまう」

もう我慢の限界なんだ、と文句を言われ、思わず笑みが零れた。

我慢の限界なんて、ルイーザはもうとっくに超えている。

ガイウスに抱かれる時を、十二年も待っていたのだ。

ガイウスがルイーザの耳朶《じだ》を食む。その舌の熱さにぞくりとしていると、蜜口に当てられたままだった熱杭が、ぐう、と押し入ってきた。

「っ……」

自分にぶつかってくるものの硬さに、驚いて息を呑んだ。まるで大きな骨のようだ。ガイウスが小刻みに腰を揺らし、徐々に内側に侵入してくる。その質量はとてもではないが入る気がしないほど大きい。身体を揺さぶられながらガイウスを見上げて、目を瞠った。

ガイウスがとても鋭い表情をしていたからだ。形の良い眉がぎゅっと寄せられ、目は狼のようにギラギラと光り、額には汗が浮いている。真剣にこちらを見下ろすその顔は、雄そのものだ。

じくり、と下腹部が疼いた。彼の雄に反応して、自分の中の雌の本能が溶け出していく。ガイウスがひと際強く一突きし、ずん、と奥まで熱杭が侵入してきた。

「んぁっ……！」

隘路《あいろ》を押し広げられる引き攣れた感じと、内臓を押し上げられるような圧迫感に、ルイーザは息を止める。

「痛い？」

息を荒くしたガイウスに訊ねられ、ルイーザは震えながらも首を横に振った。

幸いにして痛みはそれほどでもなかった。けれど違和感がひどい。狭い道を抉《こ》じ開けられる感覚は、初めてである以上仕方がないのかもしれないが。

「……あなたは？　気持ちがいい……？」

自分だけでなく、ガイウスの眉間にも皺《しわ》が寄っているのが気になって、ルイーザはおそるおそる訊いた。

するとガイウスは驚いたように目を見開き、それからくしゃりと破顔《はがん》した。

「ばかだな。気持ちいいに決まっているだろう。狭くて、熱くて、蕩《とろ》けそうだ」

「そう……」

その言葉にホッとして、ルイーザも表情を崩した。

「嬉しい。私の中で、気持ちよくなってくれて……」

愛する人が自分と肌を重ねて、自分の中で快感を得てくれていると思うと、理屈抜きの純粋な悦びが胸に込み上げる。

ルイーザの嘘のない笑顔に、ガイウスが息を呑んだ。

それからクッと眉間の皺を深くして、呻くような声で呟く。

「君は……私を、殺す気か」

「……え?」

小さい呟きは聞き取れず、首を傾げたルイーザに、ガイウスは噛みつくようなキスをした。

「ん、む、ぅ、……んん」

舌を擦り合わされて、吸い上げられる。短いやり取りだけれど濃厚で、ルイーザはとろりと眼差しを蕩けさせた。

ガイウスは唾液で濡れた唇を舐めながら、獰猛な目つきで口の端を吊り上げる。

「無茶はしないが、待たされた分と煽《あお》られた分、堪能させてもらう」

「え……？　あっ、あ、ぁあっ！」

ガイウスが腰をぐんと奥へと押し付けた。硬い切っ先に最奥を捏ねるように押され、重《おも》怠《だる》い痛みに、は、と息を吐き出す。鈍痛と同時に、熱っぽい疼きを感じて、自然と自分の内側がきゅんと蠢いた。

「くっ……」

なにかを堪えるように、ガイウスが息を詰めた。

「ぁ、はっ……！」

ビクンと彼の熱い昂ぶりが動く感触に、奥から蜜がどぷりと溢れる。ほぼ同時にガイウスは腰を引き、ずりずりと膣壁をこそぐようにしながら抜け落ちる直前まで引き抜くと、またズドンと奥へ押し込んできた。

「ぅあああっ」

焼けそうだ、とルイーザは涙を零しながら思う。ガイウスの熱いものに自分の中をぐちゃぐちゃに掻き回されて、身も心もドロドロに溶けてしまいそうだった。

「ああ、ルイーザ、ルイーザ」

熱に浮かされたようにガイウスが名を呼び、何度も何度もルイーザを抉《えぐ》る。開かれたばかりの隘路は愛液を溢れさせ、容赦のない剛直を健気に受け入れている。

じゅぷ、じゅぷ、という粘着質な水音と、ベッドの軋む音、二人の荒い呼吸が部屋にこだました。

「あ、ぁ、も、へんっ……奥までっ……！　ぅんっ、苦し……あぁっ……！」

半ば泣き言を言いながら、ルイーザはのしかかるガイウスの背にしっかりと腕を回してしがみつく。ガイウスが両肘をルイーザの顔の両脇に突き、小さな頭を抱え込むようにして顔を寄せ、唇に食らいつくようなキスをした。

「ルイーザ、かわいい、ああ、クソ、頭の中が、焼き切れそうだ……！」

キスをしながらもガイウスは腰を振ることをやめなかった。

擦られ、捏ねられ、抉られて、ルイーザの肉筒は熱を孕《はら》んでグネグネとガイウスに絡みつく。

「クソ……気持ちい……！」

呻き声とともに漏らしたガイウスの呟きに、ルイーザの下腹部が疼いた。それはそのまま膣の動きとなってガイウスを締め付ける。

「っ……！」

自分の頭を抱える腕の筋肉が強張り、腰の動きがピタリと止まる。

いつの間にか閉じていた目を開くと、苦悶《くもん》の表情で固まるガイウスの顔があった。ルイーザはその唇に自らキスをして、とどめのように囁いた。

「愛しているわ」

「……っ、クソッ！」

唸り声で悪態を吐いて、ガイウスがルイーザの中で爆《は》ぜた。

熱杭が身体内でビクン、ビクンと痙攣するのを感じながら、ルイーザは思考を手放し、くったりと身を弛緩させたのだった。

第四章　愛情と逃亡

ぐん、と身体が持ち上げられる浮遊感に目が覚めた。誰かに抱えられて運ばれているようだ。

「……？」

意識は目覚めたけれど、身体がひどく怠かった。全身——特に下半身に重怠さがあって、そのせいか頭がぼんやりとしている。

（……わたくし……？）

どうしたのだったか、と考えようと頭をもたげると、髪になにかが触れて視線を上げた。

そこには優しい灰色の目があって、ルイーザは小さく瞬きをする。

「……ガイウス？」

「辛いだろう。無理に起きなくていい」

ガイウスはそっと囁くと、ルイーザの髪に頬を寄せた。

どうやら先ほどの感触は、彼の頬ずりだったようだ。

(……ああ、そうか。わたくしは……)

ガイウスに抱かれたのだ、と気を失う前のことを思い出す。彼と抱き合う多幸感と同時に蘇ったのは、間違ったことをしてしまった、という罪の意識だ。

振り返れば、ガイウスの結婚を知った時、愛した人が妻帯者になってしまったという悲しみよりも、自分の愛が間違ったものになってしまった苦しみの方が大きかった。

今まで信じ、心の支えとして生きてきたこの愛情が、許されないものとなったなんて——理不尽だ、と感じてしまうのは、自分が子ども染みているからなのか。

(だって、間違っていなかったのよ……)

ガイウスが他の女性と結婚してしまうまでは、自分のこの想いも、あの美しい思い出も、正しいものだったはずだ。ルイーザはガイウスの妻だったのだから。

それが今では、この愛もあの幼くも美しい恋も、間違ったものになってしまった。

何故、どうして——そんなやるせなさを持て余しながらも、自分に正論で言い聞かせることで抑え込んできていたというのに。

(……どうして、今更現れたりしたの……？)

そしてまるで結婚した事実などなかったかのように、ルイーザに愛を囁くなんて。

どうしてそんな残酷なことができるのか。

（ずるい男……）

ルイーザがその言葉に喜んでしまうとわかっているのだろう。だが喜びと同じだけの苦しみも味わっているのだ。誰かを犠牲にした上で得る愛情が正しいとは思えない。もし自分がそちらの立場だったら――そう想像してしまうからだ。

（わたくしだったら……きっと、とても苦しむわ……）

夫が別の女性へ愛情を傾け、自分をないがしろにしていたならば、きっと気が狂うほど嫉妬するだろう。そしてその怒りと苦しみで、死を想像することもあるに違いない。

ルイーザは、自分が直情的で頑固な性格をしている自覚がある。そして自尊心も高い。だからこそ人一倍嫉妬心も強く、相手を許せないと怒り、そんな自分を嫌悪して苦しむだろうことを、簡単に想像できてしまう。

そんな想いをガイウスの妻にさせているのだと思うと、やはりこの愛は間違っているのだと認めざるを得ない。

（駄目なのに……）

これはもう諦めなくてはいけない恋だ。終わらせなくてはいけない愛だ。

そう理解しているのに、彼に触れられると、すべてどうでもいいと思ってしまうのだ。

自分が情けなくて、どうしようもなく矮小《わいしょう》な存在に思えた。

（……なんてことをしてしまったのだろう……）

自分の願望を先立たせた代償は、いずれ払わねばならない。

ガイウスの妻への罪だけではなく、シャリューレ神聖国の皇女としての罪も加えれば、この先に待っている贖《あがな》いの重さは相当なものになる。想像するだけで息苦しくなってしまうほどだ。

（……それでも、自分がやってしまったことだもの。その責はわたくしにある）

ガイウスは強引ではあったけれど、無理やりルイーザを犯したわけではない。彼を受け入れたのは、間違いなくルイーザ自身の意思だった。

だからこの先、アドリアーチェから拒まれ、父だけではなく祖国からも見放されてしまうみじめな人生を送ることになったとしても、黙ってそれを受け入れなくてはならないだろう。

（それだけのことを、わたくしはしてしまったのだわ）

国のことだけではない。

ルイーザはいずれ――それも近い将来、ガイウスを手放さなくてはならない。

ガイウスはルイーザのものではない。ガイウスの正統な配偶者はもういるのだから。

彼に抱かれることにどれほどの多幸感を得ようと、その幸福はまやかしでしかない。時が来れば消える霧のようなものだ。

国からも家族からも見放され、得たものは消えてなくなるまやかしの愛だ。

（なに一つとして残るものがない選択だわ……）

自分の愚かさに嘲笑が込み上げてきたが、不思議と動揺はなかった。

「君の髪は柔らかいままなのだな」

物思いに沈んでいたルイーザは、ガイウスの声にハッと我に返る。

「……髪？」

「ああ。子どもの頃、君の髪に触れるのが好きだった。あの頃の柔らかさのままなんだなと思ったんだ」

「……わたくし、猫っ毛なの……」

思わず答えてしまったのは、ガイウスの口から昔のことが語られたせいだ。ひどく懐かしい気持ちにさせられて、ルイーザは目を伏せた。

懐かしさに一歩遅れてやって来たのは、虚しさだった。

ガイウスと昔語りをする――こんな状況になってしまう前なら、夢見ていたことの一つだったからだ。

（こんなに苦々しい気持ちになってしまうなんて、あの頃には想像すらしていなかったわね……）

ガイウスに昔を語られれば語られるほど虚しさを覚えてしまう。

「さあ、着いた」

言われて目を上げると、そこはバスルームだった。タイルが張り巡らされた床の上に、白いバスタブが置かれている。

つるりとした陶器でできたバスタブには、並々とお湯が張られていた。

「……湯浴み？」

贅沢な、とルイーザは驚いたが、その声には喜びが滲み出ていた。

シャリューレでは入浴はあまり一般的ではない。古《いにしえ》には公衆浴場があったほど一般的だったのだが、公衆の面前で裸になるという行為が肉欲的であるとマルエル教が禁止したため、廃れてしまったのだ。温泉は存在するが、主に療養のためのものであり、身の清潔のための入浴とは概念を異にしている。

きれいな水は貴重なものだし、それを沸かして大量に使う入浴は、貴族の道楽とされている。皇女であるルイーザでさえ、週に一度使えるかどうかだし、普段は濡らした布で身体を拭く程度だ。

（……でも、ヴァレンティアでは毎日入っていたのよね……）

ヴァレンティアにはたくさんの活火山があり、その周辺に多くの温泉が湧いているため、非常に水資源に富んだ国である。その水を利用した上下水道も完備されており、街の至る場所に公衆浴場や井戸、噴水などといった配水場が備えられていて、一般家庭でも簡単に水を使えるように整えられているのだ。貴族や大商人の邸宅などには直接配水もされている。

（シャリューレの人たちはヴァレンティアを田舎だとばかにするけれど、そういった生活に必要な設備は、大陸で一番整っているのではないかしら……）

バスタブのお湯を見て目を輝かせるルイーザに、ガイウスがクスッと笑った。

「良かった。君は入浴が好きだったから」

言いながら、ルイーザの身体に巻かれていたシーツを剝ぎ取ろうとする。

「あ……」

自分でできる、と言おうとしたけれど、簀巻《すま》きにされた状態では身動きが取れない。仕方なく黙ってガイウスに任せることにした。

ルイーザが大人しいことが嬉しいのか、ガイウスは上機嫌で生まれたままの姿の彼女をそっとバスタブの中に沈める。

お湯はちょうど良い湯加減だった。

じわりと身体に染み渡る温かさに、ルイーザは長く息を吐き出した。

（気持ちいい……）

身体の疲れがお湯に溶けていくようだ。

初めての閨事は幸せだと感じられるものだったけれど、やはり身体的な負担は大きかったようだ。身体のあちこちが軋むように痛い。特にあらぬ場所は、まだガイウスが入ったままのような違和感が残っていた。

それがまるでガイウスの刻印を自分の身体に刻まれてしまったかのように思えて、甘いのか苦いのかわからない痛みが胸に走る。

湯の中で歪む自分の身体をぼうっと見つめていたルイーザは、ガイウスが身じろぎしたのでそちらへ目を遣って驚いた。

ガイウスがバスタブの脇に膝をつき、シャツの袖を捲り上げていたからだ。その足元には、新しい湯の入った桶と、水差し、そして石鹸《せっけん》が置かれている。

どうやらガイウスは、侍女の真似をしてルイーザの入浴を介助するつもりのようだ。

皇女であるルイーザは、侍女の助けなく入浴したことがない。だからありがたい反面、ガイウスにそんなことをさせるのはひどく恥ずかしい気がした。

（……も、もう、裸なんて全部見られてしまった後とはいえ……）

そういうことをしている時は、快楽に酔っていて恥ずかしさなどどこかへいってしまうけれど、今は完全に素面《しらふ》である。

どうしたものかと思案していて、ふと、ガイウスは入浴を終えたのだろうかと思った。

「あなたは入らないの？」

ルイーザは思わず訊ねていた。

彼が入浴を終えていないなら、先に入ればいいと言うつもりだったのだ。

だがガイウスは目を丸くして、それからフッと意地悪そうな笑みを浮かべた。

「君が望むなら、それもやぶさかではないな」

「の、望んでいないわ！」

焦って否定した。望んでいない。一緒に入ろうと誘うつもりの発言ではなかったのだ。

ルイーザがそう答えるとわかっていたのか、彼はクスクスと笑いながら、ルイーザの頭をバスタブの縁へと導いた。

「君とずっと繋がっていたいけれど、今日はもうこれ以上は望まない。ずいぶん無理をさせたからね」

大きな手で頭を包み込むように支えられ、そこにそっと湯をかけられた。頭が温かくなって、ルイーザはうっとりと目を閉じる。

頭が温かくなると、どうしてこんなに気持ちがいいのか。

ルイーザはこの感覚が大好きで、ヴァレンティアにいた頃は毎日の入浴が楽しみだった。

それをガイウスに話して聞かせたことがあっただろうか。

（……自分でも覚えていないようなことを、あなたは覚えているのね……）

それがどんなに嬉しいことか。そして今、どんなに苦しいか。

ガイウスはわかっているのだろうか。

彼を詰りたい気持ちは、お腹の底にずっと燻《くすぶ》っている。

何故裏切ったのか。永遠に妻だと言った、あの約束は嘘だったのか――子ども染みた文句が次から次へと湧いてくる。

だがルイーザは、その愚かな非難に蓋をして、見ないフリをした。

言っても詮《せん》ないことばかりだ。自分もガイウスも、過去ではなく今を生きていかねばならないのだから。

（……ガイウスに言わなくては）

こんな不毛な関係はもうやめようと。そしてシャリューレへ帰してくれと。

ガイウスの目的がなにかはわからない。だがなんとかして説得しなければ、このままでは彼だけでなくヴァレンティア公国まで破滅してしまう。

そう思うのに、温かな湯が頭皮を滑る感覚に、ルイーザは開きかけた口を閉じた。

心地よさが尖った意欲を融かしていくのだろうか。

（……入浴を終えたら……）

やるべきことを先延ばしにする自分の意志薄弱ぶりに呆れていると、低い声がした。

「髪が伸びたね」

ガイウスが石鹸を擦りつけた手でルイーザの髪を揉みながら呟く。

（十二年も経てば、当たり前でしょうね）

心の中で返事をしたけれど、口には出さなかった。彼の過去の話に返事をすれば、自分を律することができなくなってしまうからだ。

ルイーザの返事がないのを気にしていないのか、ガイウスは楽しそうに昔話を続ける。

「君が寝ている時に、この髪を編んだことがあるんだ」

そんなことがあっただろうか。

ルイーザは目を閉じて昔に思いを馳《は》せそうになって、また自分を叱咤した。思い出してはいけない。過去への憧憬《しょうけい》から、自分が今置かれている状況を忘れそうになってしまう。

（わたくしは今、薄い氷の上に立っているようなもの）

一歩踏み間違えれば、たちまち氷は割れ、凍える海に呑み込まれてしまうだろう。

そしてそれは自分だけではない。ガイウスも同じだ。

彼を守るためにも、どうにかして現状を打破しなければ。

「上手く編めなかったけれど、この柔らかい感触がとても心地よくて、ずっと触っていたいと思ったんだよ」

「ガイウス」

楽しげに話すガイウスを、ルイーザは平坦な声で遮った。

「……眠いの」

少し言い方がきつすぎただろうか、と思わず反省して付け足すと、ガイウスが吐息で笑うのがわかった。

「いいよ。そのまま眠ってても。全部私がやってあげるから」

優しく囁かれて、閉じた瞼にキスが落とされる。

（なにもかも忘れて、彼とこうしていられたら、どんなに幸せだろう）

そう思ってしまう自分に呆れながら、ルイーザは募る焦燥感に蓋をして、黙ったままガイウスに身を任せたのだった。

＊＊＊

眩さを瞼の外に感じて、ルイーザは目を開いた。

ここ数日で見慣れた天蓋《てんがい》の絵が見えて、ため息をつく。

横を見たが一緒に眠っていたはずのガイウスの姿はなく、ベッドに一人きりだった。

しょぼしょぼとする目を擦りながら、重怠い身体を引きずるようにして起き上がる。

昨夜もガイウスに抱き潰されて、行為の最中に気を失ってしまったらしい。気を失った後の記憶はなかったが、身体は拭ってくれたのか、べたつきなどはなくなっている。

（……ここに連れてこられて、どのくらい経ったのかしら）

おそらく、経っていても二日か三日程度。朝の光を見た回数から言えば、おそらくまだ二日だ。

(……二日あれば、わたくしが誘拐されたという情報はシャリューレにもアドリアーチェにも届いているわね……。捜索部隊は、お父様もロレンツォ様も出すでしょうけれど、問題はどちらが責任を取るか、よね……)

誘拐されたのは関所——国境だ。

シャリューレの護衛からアドリアーチェの護衛に引き渡されるところを襲撃された。つまり、皇女ないし花嫁誘拐の咎《とが》をどちらが受けるかという話になってしまうのだ。どちらも責任を相手国に押し付けたいのは当然だ。責任を押し付けることができれば、この政略結婚に更に自国に有利な条件を付け加えることが可能になるからだ。

これが政略結婚である以上、致し方ないところではあるが、誘拐された当事者としては少々物悲しさを感じてしまう。

(とにかく、早く戻らなくちゃいけないのに……)

シャリューレに戻れないにしても、父と連絡を取る方法を考えなくてはならない。にもかかわらず、それができないでいるのは、ひとえにガイウスがぴったりと貼り付いているからだ。

(貼り付いているだけじゃないわ……。一緒にいる間、ずっとベッドの中で……)

思い出すと羞恥で悶絶しそうになる。ルイーザは真っ赤になった顔を両手で覆いながら深呼吸をして心を落ち着けた。

最初に抱かれた日以来、ルイーザはひらすらガイウスに抱かれていたと言っても過言ではない。夜はガイウスに抱き潰されて意識を失い、目が覚めるとガイウスに食事やら入浴やらの世話を焼かれた後、またベッドの中に引きずり込まれて朝を迎えるのだ。

たった二日、あるいは三日ほどのこととはいえ、一日中ガイウスに構い倒された挙句、抱き潰されている状況では、体力と精神力の消耗が激しい。

もしこれが、なんのしがらみもなく愛し合える恋人同士だったなら、こんなにも心が疲労することはなかったのかもしれない。

だが残念ながら、そうではない。

ガイウスには妻がいて、ルイーザにも夫となる予定の人がいる。

その人たちを裏切っているとわかっていながらも、ガイウスに触れられるのが嬉しくて受け入れてしまうのだ。

（……わたくしは、こんなに愚かな人間だったのかしら）

だめだとわかっているのに手を出さずにはいられないなんて、以前のルイーザなら軽蔑していたことだ。

自分の中に、制御できないほどの欲望があるなんて知らなかった。

会えない十二年の間、彼に執着していた自覚はあったけれど、今ほどではなかった。

というよりも、そもそも今ガイウスに感じているものは、執着とは別物だ。

ガイウスに触れられると、すべてがどうでもよくなってしまう。彼と触れ合う悦びに抗えない。肉体的な悦びというだけではない。すべて満たされているという充足感が、ルイーザを抗えなくしてしまうのだ。

(……思えば、わたくしはずっとなにかが足りないと感じ続けていた)

ガイウスと離れてから、自分の中にぽっかりと空洞ができてしまったような感覚があった。その虚無感は、ガイウスのことを考えていれば少しはましになり、彼からの手紙が来た日はまるで痛み止めの薬を飲んだ時のように楽になった。

ガイウスに抱かれている時は、その感覚がもっと強くなる。単に空洞が埋められるだけではなく、これ以上なにも望むものはないと思えるほどの多幸感が得られるのだ。

(……まるで麻薬だわ)

そう気づいて、ルイーザはゾッとした。

もとは麻酔薬として使われていた薬だというそれは、一度味わってしまえば、もう一回、あともう一回と、際限なく求めてしまう禁断の果実だという。

最後に待っているのは身の破滅だとわかっていても、手放せなくなってしまうのだとか。

ガイウスは、その麻薬そのものだ。

(……怖い)

ルイーザは両腕で自分の身体を抱き締める。

（このままじゃいけないわ）

ルイーザは奥歯を噛み締めて思った。

（ここから逃げなければ……）

ガイウスがなんのためにルイーザを誘拐したのかはわからない。仮に妻であったルイーザを取り戻すためだったとしても、ガイウスにはもう他に妻がいる。ルイーザを攫ってヴァレンティアに連れ帰って、愛妾にでもするつもりなのだろうか。

想像するだけで胃から苦いものが込み上げてきそうになるが、ルイーザの心情はこの際どうでもいい。

問題は、ガイウスがヴァレンティア公国の公主だということだ。

ヴァレンティアはこの大陸の西の果ての小国だ。シャリューレやアドリアーチェを敵に回せば、一瞬で滅ぼされてしまうだろう。

（なにを考えて皇女であるわたくしを攫ったの……？）

バレなければいいという浅はかな考えなのだろうか。

だが現在、父やロレンツォが、ルイーザの行方を血眼《ちまなこ》で探しているはずだ。

おまけにガイウスは、大胆にもシャリューレとアドリアーチェの両国の護衛騎士たちが揃った中で襲撃をかけている。あの場にいた者を皆殺しにしていない限り、目撃者は多数いるはずだ。なんらかの情報からガイウスに行きつく可能性は十分にある。

（そもそも、こんな大々的な誘拐事件を起こしてしまえば、国際問題に発展することくらい、子どもでも想像できるわ。あのガイウスがこの程度のことを予想できないはずがないし……）

子どもの頃、彼はとても賢かった。なにも知らないルイーザにたくさんの本を読み聞かせてくれて、国がどういうものであるか、政治とはなにをすることなのか、神とはどういうものなのかなどを、わかりやすい言葉で教えてくれたものだ。

十歳の頃でさえ、自分たちの結婚が政略結婚であり、国と国との間を取り持つためのものだと理解していた人が、大人になって理解力が低下するわけがない。

だが、彼が一体どういうつもりなのか、この先どうするのかを知りたいのに、ガイウスは訊ねる隙をまったく与えてくれないのだ。

「……ガイウスがどういうつもりであるにせよ、わたくしは逃げなくては」

ルイーザは自分に言い聞かせるように呟いた。

ここから逃げてなんとか父のもとに帰り、一刻も早く無事を知らせなければ、下手をすれば戦争になってしまうだろう。

（それに誘拐犯がガイウスだとバレないように、なんとか上手く取り繕わなくては……）

この誘拐を実行したのがガイウスだと知られれば、ヴァレンティア公国は滅ぼされ、ガイウスは間違いなく処刑される。それだけは避けたかった。

　こんなにばかなことをしでかしている上に、自分の純潔を奪うような狼藉者だというのに、ルイーザはガイウスが愛しい。たとえ結ばれない運命だったとしても、彼が死ぬところなど絶対に見たくない。

　まったくもって、愚かな女だと自分でも思う。

　自分が原因で祖国が戦争を起こすかもしれないという局面で、愛だの恋だのに引きずられるような女が皇女であるなどと、どの口で言うのか。

（……だからこそわたくしには、一人、じめじめと彼を恨んで生きていくくらいの生き方がちょうどいいのよ）

　恋情に引きずられてすべてを台無しにしてしまうより、ガイウスが生きていて、遠い所で幸せに暮らしていることを、「ああ、恨めしい。許せない」と思い続ける方がまだマシだ。

「……そうと決まれば、行動しなくては」

　ルイーザはベッドから立ち上がり、部屋の中を観察することにした。

　ルイーザのいる部屋は、どうやら貴族の別荘のような場所らしい。

調度品は古いけれど高価なものを使っているし、窓から見下ろした外の景色が庭園だった。この部屋は三階にあるらしく、高さはかなりあるので、窓から飛び降りるのは無理そうだ。そしてドアの鍵はしっかりとかかっていて、この部屋から一歩たりとも出さないという鋼の意思が窺える。

「ここまで徹底しているなんて……」

ルイーザはため息をつきながらも、必死で頭を回転させた。

（シャリューレとアドリアーチェの国境近くに、貴族の保養地などあったかしら）

失神したルイーザを連れて移動したとすれば、馬ではなく馬車でだろう。意識のない人間一人を抱えて馬を駆るのは至難の業《わざ》だし、八寸《やき》の馬とて二人乗せて走れば速度が落ちる。人間をズタ袋の中に入れて縛り、荷物のように括り付ければできないこともないだろうが、そんな無茶をされていれば、いくらルイーザでも気づくはずだ。

（だから、おそらくここは馬車で一日程度——その範囲の場所ということ）

ルイーザは頭の中に地図を思い描く。国境の関所から馬車で一日以内で到着できて、貴族の保養地になりそうな場所はなかっただろうか。

（……もしかして、バラド？）

温泉が湧くことで有名な山間の保養地だ。そして関所からの範囲内の場所にある。

だがシャリューレの南に接するアドリアーチェよりも、西に接するエランディアにほど近い。エランディアの更に西にはヴァレンティアがあるため、帰路としては順当なのかもしれないが、今は少々不穏な場所でもある。というのも、バラドはかつてエランディア領であったことがあり、そこには今なおエランディアの貴族の別荘も立ち並んでいるからだ。

現在シャリューレとエランディアは非常に仲が悪い。つまり、敵国同士の別荘が並び立っているような保養地なのである。

そこにシャリューレの皇女であるルイーザを近づけるのはあまり得策ではないのでは、と思ってしまう。

バレなければ問題ないと言われればそれまでだが、ルイーザの容姿は白金色の髪といい、すみれ色の瞳といい、皇家の特色が濃いので、見る人が見れば一発でバレてしまうだろう。特に皇女誘拐で各地に捜索隊が出されているだろう状況では、連れて歩くのも難しいはずだ。

(でも、この辺りで貴族の保養地となれば、バラドくらいだわ。ここがバラドならば、シャリューレの貴族に助けを求めることができるかもしれない)

ともかくこの屋敷から脱出しなければ話が始まらない。

ルイーザは部屋を物色してみたが、使えそうな物はなにも見つからなかった。

鍵穴に差しこめる細いヘアピン一本すらない。誘拐される前、ルイーザは髪を結いあげていたのでヘアピンをたくさん付けていたはずなのに、気がついた時には髪をすっかり解かれていた。脱走を見越してのことだったのだろうか。

「本当に憎たらしいくらいに用意周到ね……」

ぶつぶつと文句を言ったものの、ヘアピンが手元にあったとしても、それを使って鍵をあける技術をルイーザは持ち合わせていない。なので結局徒労《とろう》に終わった可能性の方が高そうだ。

ならばとルイーザは窓へ駆け寄る。

この窓なら開くだろうかと、試しに金具を引っ張ってみると、非常に固くはあったがなんとか持ち上げられた。ギイ、と気味の悪い音を立てて窓が開く。

「やったわ……！」

ルイーザは目を輝かせ、真下を覗き込み……再び窓をそっと閉じた。

案の定だが、かなり高い。

（これは落ちれば死ぬわ……）

よしんば死ななくとも大怪我をするだろう。

死んでは元も子もないので、どうするべきかと瞑目して考える。

とはいえ出口がこの窓しかないなら、なんとかしてここから出るしかない。

（こうなったら……）

ルイーザは先ほどまで自分が横たわっていたベッドへ戻ると、シーツを剝ぎ、それを引き裂いた。そうして引き裂いたシーツの端と端を堅結びにして繋げていく。

（こうすれば、長いロープの代わりになるはず……）

多少強度が心配ではあるが、自分一人の体重くらい支えてくれるだろう。

ガイウスが部屋に戻ってくるまでにやらなくては、と急いで手を動かしていると、ノックの音が響いて跳び上がった。

（だ、誰……!?）

ガイウスだろうかとドアの方へ目を遣れば、背の高い栗色の髪の女性が立っていた。

ここでガイウス以外の人間を見たことがなかったルイーザは、驚きのあまり言葉を失ってその女性を凝視する。

侍女なのだろうか。それにしてはお仕着せではなく、地味ではあるがドレスを身に纏っている。湯気の立った食器をのせたトレーを手にしているところを見れば、どうやら食事を運んできたらしい。

「なにをしておいでです……？」

女性はルイーザの様子をまじまじと見て首を傾げる。

そこでルイーザはようやく我に返り、自分が脱走のためのロープ作りをしているところだったことを思い出し、慌ててそれらを背中に隠した。

当たり前だが、時すでに遅しである。

「も、もしや、シーツをちぎってロープに……？　窓から脱走するおつもりですか？」

　正確に言い当てられて、ルイーザは目を泳がせる。

　すると女性は「はーっ」と深いため息をついて、持ってきたトレーをサイドボードにのせた。そしてベッドの上のルイーザに向き直ると、人差し指を立てて説明し始める。

「いろいろ言いたいことはあるのですが、まずそのシーツの残骸では皇女様の体重を支え切れません。窓から降りた途端、結び目が解けるか裂けるかのどちらかになり、皇女様はそのまま落下、という大惨事になります。ロープの代わりを探すなら、そこのカーテンなどもう少し強度のある布を使わないと……」

「えっ……」

　まさか脱走作戦にだめ出しをされるとは思わなかった。しかも代案まで出されて、どう反応していいかわからない。

　この人がどういう人物なのか判断がつかず、黙ったまま見つめていると、女性は苦笑して最上級の礼であるカーテシーをしてみせた。その淀《よど》みない所作に、ルイーザは目を瞠った。

「申し遅れました。私はヴァノッツァと申します。これよりしばらく、皇女様のお世話をさせていただくことになりました」

「え……」

どうやら侍女ということらしいが、物腰や喋り方が堂々としすぎていて、どうにも侍女らしさがない。

（どう考えても……貴族階級の人よね……？）

世話をされる側の人に誰かの世話ができるのだろうか、と疑問に思ったが、王城や王宮ならば、貴族の令嬢が侍女として出仕することも珍しくない。そういう経験のある人なのかもしれないと思いつつも、ルイーザは質問をした。

「あなたは侍女の仕事をするような方には見えませんが……」

すると女性──ヴァノッツァは目を丸くして、それからおかしそうに笑った。

「まあ！　ではどういう者に見えたのでしょう？」

逆に問い返されて、ルイーザは言葉に詰まる。そう来るとは思わなかった。

（身分の高い女性がこんな田舎の保養地にある屋敷で、侍女の真似事なんておかしいわよね……？　そういえば、この人はわたくしを『皇女様』と呼んだわ）

つまり彼女は、ガイウスが皇女を攫って監禁していることを知りながら、それに協力している者ということになる。

大国シャリューレ神聖国を敵に回すような大それた悪事に手を貸す女性がいるとしたら、それは首謀者──ガイウスに心酔しているか、なにか弱みを握られているかのどちらかではないか。

そこまで考えて、ルイーザはハッとなった。

「その、ヴァレンティア公とは……もしや、懇意の仲なのでは？　それならばわたくしの世話など……」

言いながら、胃の中がのたうつような気持ち悪さを感じた。

ルイーザが思い至ったのは、この女性はガイウスの愛人なのではないかということだった。ゾッとするような仮説だ。

恐ろしい状況を理解した上で皇女の世話を任されるような女性だ。もしかしたら、ガイウスを愛するがゆえに逆らえない――ということもありうるのではないかと邪推したのだ。

（もしそうだったら、わたくしはどうしたらいいの……）

眩暈を覚えながら、固唾《かたず》を呑んで女性の返事を待った。

ルイーザの懸念を感じ取ったのか、ヴァノッツァはギョッとした顔になって手をぶんぶんと振った。

「ああ、そんな、誤解なさらないでください！　違います！　ヴァレンティア公とは……確かに親しくしておりますが、皇女様のお考えのような、男女の仲では決してありません！　それだけは信じてください」

「そ、そうなのですか……」

何故か鬼気迫る顔で否定され、ルイーザは気圧《けお》されながらもホッと胸を撫でおろす。さすがにガイウスの愛人に世話をされるような地獄は味わいたくない。

「では、どういう関係なのですか？」

愛人でないなら、一体なんなのかという疑問が残る。

ガイウスのやっていることを理解した上で協力している貴族階級の女性――なにやら陰謀の気配がしてきて、ルイーザは眉根を寄せた。

（……わたくしを誘拐したのは、なにか政治的な理由があるということ……？）

現在のシャリューレ・アドリアーチェの二国とエランディアの対立という構図に、遠く離れたヴァレンティア公国も横槍を入れるつもりなのか。だが横槍を入れるにしても、皇女誘拐はやり方がまずすぎる。他に理由があるということなのだろうか。

これがエランディアならば、シャリューレ・アドリアーチェ同盟に揺さぶりをかけるために、皇女を誘拐したというのはあり得ない話でもない。

いずれにしても、三国間の争いはヴァレンティアにはあまり影響はないはずだ。

（……わたくしが見えていないだけ……？）

頭の中で事実を捏ねまわしても正解は導き出せない。おそらく情報が足りないのだ。

難しい顔をしたルイーザに、ヴァノッツァは困ったような顔で眉を下げる。

「申し訳ないのですが、すべてをお話しすることはできないのです。……ですが、私と公とは共闘関係にあるとだけ。公の目的が、私の目的と同じ道筋上にあったので、協力し合っている関係なのです。それ以上でもそれ以下でもありません」

ヴァノッツァはルイーザの目をまっすぐに見て言った。その目が嘘をついているようには見えなくて、ルイーザは小さくため息をついて頷く。

「……わかりました。その言葉を信じます」

(……信じるというか、そう答えるしかないというか)

話せないと宣言されれば、こちらにはこれ以上できることはないではないか。

するとヴァノッツァは大げさなくらいに安心した顔になって胸を撫でおろした。

「ああ、良かった！　今後のことを考えたら、皇女様にはそこを絶対に誤解されたくなかったのです！」

「今後のこと……？」

ピクリ、とルイーザの眉が上がる。

「今後、どのようなことが待っているというのですか？　わたくしは、この後なにをさせられるのです!?　ヴァレンティア公はなにを企んでいるの!?」

それはルイーザが今一番知りたい内容だ。

ガイウスがこれからどうするつもりなのか。

ルイーザの剣幕に、ヴァノッツァはたじたじになって目を逸らす。

「いえ、それは私の口からは……どうぞ、ヴァレンティア公にお訊ねください」

「そ……」

それができないからあなたに訊いているのではないか、と言おうとしたルイーザは、重ねるように降ってきた低い声にビクッと身を震わせる。

「そうだよ、ルイーザ。ヴァノッツァとばかりお喋りするのではなく、私ともしてほしいな」

面白がるような声音は、言うまでもなくガイウスのものだ。

ゆっくりとドアの方へ視線をやると、そこにはドアに身体を凭《もた》せ掛けるようにしてこちらを眺めている美丈夫の姿があった。

「……ガイウス……」

ルイーザは呟きながら睨んだが、ガイウスはまるで気にした様子もなくこちらへ歩み寄ってくる。

そしてベッドの上に引き裂かれたシーツが散らばっているのを見て、大きく眉を上げてみせた。

「おやおや」

口調は穏やかなのに、目がまったく笑っていない。眼光鋭く布切れとなり果てたシーツを見下ろすと、一掴みでそれらのほとんどを持ち上げて、背後へと放った。

「ヴァノッツァ、片付けておけ」

ガイウスの短い命令に、しかしヴァノッツァは諾《だく》と言わなかった。

フンと鼻を鳴らし、顎を上げてガイウスを睨んで言った。

「……命令するのはやめてちょうだい。あなたの部下になった覚えはないわ」

この一言に、聞いていたルイーザの方が驚いてしまう。

てっきりヴァノッツァはガイウスの部下なのかと思っていたのだが、どうやら違うようだ。田舎の小国とはいえ、ガイウスは一国の公主である。その彼にこれほど対等な口が利けるということは、彼女の身分も相応のものということになる。

（……本当に、どういう関係なのかしら……）

首を傾げるルイーザを他所に、二人は睨み合いながら喧嘩腰の応酬をしている。

「……ならば膝を折ってお願いすればいいかな、女王陛下」

「くだらない嫌みは要らないわよ」

「あなたはまだご自分の立場を理解していないようだ。私の一言でサルデンニャにお戻りいただくこともできるのだが」

「それはあなたでしょう。私の許可がなければサルデンニャの塩はひとかけらも手に入らないわよ」

両者の間にバチバチと火花が見えるようだ。

どうやらあまり仲が良いとは言えないらしい。

（……サルデンニャ？　どこかで聞いたことがあるような……）

おそらく地方の都市の名なのだろうが、ルイーザにもどこなのかまではわからなかった。

自国の都市の名前はわかっても、他国のものまでをすべて把握するのは難しい。

会話から推測するに、塩田かなにかがある場所なのだろう。

（つまりヴァノッツァの家はサルデンニャの塩田の塩の販売権を持っているということかしら……）

大陸の多くの国が、塩と鉄の販売には規制をかけている。武器と馬を確保するために必須なものだからだ。武器を作るための鉄が要るのは言わずもがな、そして馬を飼育するためには多量の塩が必要なのである。

国から販売権を買った者だけが塩や鉄を売ることができるのだが、その価格や量の調整は政府の指示通りに行わなくてはならない。

塩の場合、古くから製塩を生業にしてきた塩田の所有者一族が、販売権を持っていることが多い。おそらくヴァノッツァの生家が塩業の家なのだろう。

（……ガイウスはヴァノッツァの家の塩が必要ということよね。それって……）

いよいよきな臭い話になってきた。

ルイーザは蒼褪めながらガイウスに直球で訊ねる。まどろっこしい質問の仕方では煙《けむ》に巻かれるのは目に見えている。

「あなたはシャリューレと戦争を起こすつもりなのですか!?」

ヴァノッツァと言い争っていたガイウスは、ルイーザの声で喧嘩を中断し、ニコリと笑みを浮かべた。

「ルイーザ、シーツを引き裂いてなにをするつもりだったのかな？」

質問に質問を返され、ルイーザはムッとなる。

「答えるつもりはないということ？」

「君は逃げるつもりだったということだな」

まるで会話にならない。

さすがに腹が立ってきて、ルイーザはいらいらしながら言い捨てた。

「逃げるつもりかですって？　ええ、もちろんよ！　逃げるに決まっているでしょう！」

するとガイウスは心底不思議そうな表情になって首を傾げる。

「何故？」

「何故ですって？」

あまりに的外れな問いに笑い出したくなった。この状況で出てくる言葉ではない。

だがガイウスはあくまで理解できないといったように、真顔で言った。

「君は私の妻だ。夫である私の傍にいるのは当たり前だろう」

言うに事欠いてそれか、とルイーザはこの美丈夫の頭を叩いてやりたくなる。

他の女性と結婚した男が、何故ルイーザを『自分の妻』呼ばわりできるのか。

（どういう神経をしているのかしら！）

怒りのあまり、ズキズキと頭痛までしてきた。

ルイーザは大きく息を吸うと、ガイウスに指を突き立てて一気に捲し立てる。

「あなたのように頭のおかしい人に囚われて戦争が起きるのを黙って見ていることなどできるはずがないでしょう！　わたくしを解放しなさい！　わたくしはアドリアーチェとの同盟のために、ロレンツォ・アニャデッロに嫁がねばならないのです！」

ルイーザの口からロレンツォの名前が出た途端、ガイウスの目がギラリと光った。銀色に光るその目があまりに鋭くて、ルイーザはヒュッと息を呑む。

「誰が、誰に嫁ぐだって？」

地を這うような低い声だった。

「君は私の妻だ」

ルイーザはゾッとしてベッドの上で後退りをするが、怯えているせいか上手くいかない。

「皇女様……」

こちらを気遣うようにヴァノッツァが声をかけてくるのを、ガイウスが一睨みで黙らせた。先ほどまでの言い争いがかわいく見えるほどの迫力に、ヴァノッツァも言葉を失う。

「出て行け」

「公、でも……」

「二度は言わない」

最後通牒《さいごつうちょう》に、ヴァノッツァはルイーザに申し訳なさそうな視線を寄越したものの、黙ったまま部屋を出て行った。

残されたルイーザは、自分が蛙《かえる》になった気分だった。

蛇《へび》に睨まれた蛙だ。

「ルイーザ。君は自分の夫が誰なのか、ほんの少し会わない間に忘れてしまったようだ」

ガイウスが自分の首元に手をやってブラウスのボタンを外しながら、ベッドに膝をのせる。その顔には笑みが浮かんでいるのに、銀色に光る目だけがまったく笑っていなかった。

（この表情……相当怒っているのね……）

ルイーザはゴクリと唾を呑む。とても恐ろしいけれど、このまま引き下がるわけにはいかない。

ルイーザはグッとお腹に力を込めて、まっすぐにガイウスに向き直る。

「わたくしはシャリューレの皇女です。その務めを果たさなくてはならないの。わたくしがアドリアーチェに嫁がなければ、同盟が崩壊してしまう。あなたのことは……ずっと愛してきました。できれば子どもの頃の約束通り、再びあなたの妻になれたらと思ってきました。けれどわたくしもあなたも、国を背負う立場。結婚相手が思うようにならないのは致し方ないことです」

言いながら、「ああ、そうか」とルイーザは自分で自分の言葉に納得した。

ガイウスの亡き兄の妻との結婚も、自分と同様に政略結婚だったのだろう。王侯貴族の結婚が政略でないことなどほとんどないのだから。

（ガイウスもまた、わたくしと同じだったのかもしれないわ）

幼い恋に執着し、それでなくてはならないと思い続けてきたけれど、結局は状況がそれを許さず、政略結婚を受け入れた。

だがそうしても、身の内に燃える恋心が消えるわけではない。それどころか、諦めなくてはと思えば思うほど、ガイウスへの執着心が強くなっていった。

これと同じ過程をガイウスが経ているのならば、彼が未だにルイーザを妻だと言い張るのも理解できる。政略結婚を結婚と認めていないのだ。

だがそんな戯言を言ったところで、納得する者など誰もいない。それが現実だ。

「ガイウス、あなたはもう結婚をしたの。わたくしが言えた立場ではないのは十分に承知しているけれど……妻になった女性を大切にしてあげてください。政略結婚であっても、縁があって夫婦になったのだもの」

ガイウスを説得するつもりで喋っている内容は、そのまま自分へと返ってくる。まるで自分に言い聞かせているようで、ルイーザは笑い出したくなった。

（ガイウスの隣は、もうわたくしの場所ではないのよ）

国を背負う者同士、進まねばならない道があるのだ。それが交わらなかっただけのこと。

「あなたの妻を愛してあげて、ガイウス」

心にもない言葉だと我ながら思う。けれど、それを決して表に出してはいけない。

ルイーザは必死で微笑みを浮かべてみせた。

ガイウスは黙ったままルイーザを見下ろしていた。

伝わっただろうか、わかってくれただろうか、と期待を込めて彼を見返したルイーザは、次の瞬間絶望する。

「……言いたいことはそれだけか？」

「……ガイウス！」

どうしてわかってくれないの、と非難を込めて名を呼ぶと、ガイウスはフッと嘲笑を浮かべてシャツを脱ぎ捨てた。

「ご希望通り、私の妻を愛することにしよう」

低い艶やかな声でそう囁くと、ガイウスは着ている物すべてを取り去って、ルイーザにのしかかる。

ドサリとベッドに押し倒され、ルイーザはガイウスの胸を叩いた。

「あなたの妻はわたくしではないと言っているのよ！」

ぽかぽかと叩いても、ガイウスの身体はびくともしない。着やせするのか、胸板は思いの外厚く弾力があり、ルイーザの拳を跳ね返すようだ。

ガイウスはルイーザの手首を摑んで頭の上に押し付けると、生け捕りにしたネズミをいたぶる猫のような顔で笑った。

「約束しただろう？　離れても、永遠に、君は私の妻だと」

その台詞に、ルイーザの胸がギュッと軋む。

（……ずるいわ……！）

ルイーザは、あの時にガイウスがしてくれた約束と誓いの言葉を信じてこれまで生きてきた。だからそれを持ち出されると、気持ちがどうしても当時の想いに引きずられてしまうのだ。形振《なりふ》り構わず彼に縋って、このまま攫って逃げてと願ってしまいたくなる。

潤《うる》み始めた目で、ルイーザはガイウスを睨みつける。

「……最初に、約束を破ったのは、あなたの方でしょう……？　わたくしは、ずっと、ずっと待っていたのに……！」

言うつもりのなかった非難が口をついて出た。

裏切った彼に、「待っていた」などと死んでも言いたくなかった。自分がいかに愚かでみじめなのかを暴露しているようなものだから。

「……うん。ごめん」

ガイウスが驚くほど優しい声で囁くから、ルイーザは驚いてしまった。

先ほどまであんなに怖い顔をしていたのに、今のガイウスは蕩けるような甘い微笑みを浮かべている。

「……なにを笑っているの」

「うん」

答えにならない相槌を打って、ガイウスは手の甲でルイーザの頬に触れた。

その手が優しくて、ルイーザはまた泣きたくなる。ひどい男だ。こんな時ばかり優しいなんて、とんでもないろくでなしだ。わかっているのにガイウスの手の温もりが愛しくて、そんな自分に呆れ返った。

ぽろぽろと流れ出る涙を見られたくなくて、ルイーザは顔を横に背ける。だがガイウスの手が顎を摑んでそれを阻止してしまった。

「見せて」

「いやよ！」

「見せて。かわいい」

いやだと言っているのに、こちらの言うことなどまるで聞こうとしない。

腹立たしいのに、その後降ってきたキスにその怒りはあっという間に解けて霧散した。

当たり前のように口内に入ってこようとする舌を、歯を食いしばって拒んでいたのは数秒で、宥めるように唇を舐められると、すぐに絆《ほだ》されて受け入れてしまった。

（……ああ、もう……）

こうして触れ合ってしまえば、ルイーザはどうしたってガイウスを拒めない。どんなにだめだと自分を窘《たしな》めてみたところで、愛しているのは彼だけで、求めているのも彼だけなのだから。

口内を余すことなく舐った後、尖らせた舌先で上顎の固い部分を擽られる。それをされるとゾクゾクと背筋が震えて、お腹の奥までずくんと響くのだ。

ガイウスはそれをわかっていてやっているのか、唇を合わせたまま「かわいい、かわいい」と何度も囁いてくる。彼に「かわいい」と言われると、どうしてこんなに嬉しくなってしまうのだろう。

キスをしながら、ガイウスの手がルイーザの服を剝いでいく。といっても、夜着だけという心もとない衣装だったから、あっという間にすべてを脱がされ、生まれたままの姿にされてしまう。

「ん、……ふ、ぅ、んん……」

ガイウスの唇は巧みに動いた。舐り、啄み、離れたかと思うとまた角度を変えて口づけてくる。呼吸すらも牛耳られて、ルイーザはキスだけですっかり翻弄された。

舌の動きに合わせて、唾液が粘着質な音を立てる。その音にすら侵されている気分になりながら、ルイーザは自分からも舌を絡めた。

「かわいいな、ルイーザ。……ほら、どうしてほしい？」

耳腔に息を吹きかけるように囁かれ、ぶるりと肩を震わせながら、ルイーザはいつの間にか閉じていた瞼を開いてガイウスを見た。

ガイウスは微笑んでいる。少し意地悪そうな表情だ。

「私は妻を悦ばせたい。だから教えて。君はどうしてほしい？」

甘い声でそう言うと、大きな手が掌全体で包み込むようにしてルイーザの乳房を摑んだ。自分の白い肉に彼の骨ばった指が埋もれているのを見て、ルイーザは頬を染める。なんだか見てはいけないものを見てしまった気分だった。

それを見たガイウスが吐息だけで笑う。

「もっとよく見て」

そう言うと身体を起こし、ルイーザを膝の上に抱き上げた。子どものように膝の上にのせられて背中から抱き締められると、身体全体で守られているような気持ちになる。

「ほら、よく見えるだろう？」

子どもに喋りかけるような口調で言って、ガイウスは再びルイーザの乳房を両手で摑んだ。薄赤い胸の尖りを上に向けるようにして揉みしだかれ、その絵面の卑猥さにルイーザはパッと目を背ける。

「駄目だよ、ちゃんと見ないと、どうしてほしいのかわからないだろう？」

ガイウスが耳朶を食みながら、うっそりとした口調で叱った。

（……こんな……恥ずかしい……！）

恥ずかしいと思う反面、もっと見たいと思ってしまう自分もいることに、ルイーザは気づいていた。でもそれをするのがどうしても恥ずかしく、いつまでも顔を背けたままでいると、焦れたガイウスが首筋に噛みついた。

「あっ、いた……ひぁんっ」

項《うなじ》に痛みが走ったのとほぼ同時に、ガイウスの指が両方の乳首を強く捻り上げる。

ビリビリとした強い快感に、ルイーザは頤を反らせて嬌声を上げた。

「ほら、君はこれが好きだろう？　乳首をこうやって捏ねると、すごく濡れるんだよ」

親指と人差し指の間でぐりぐりと捏ね回され、下腹部がずくんと疼く。この感覚を、ルイーザはもう知っている。この甘い疼痛は自分の奥から女が引き出される感覚だ。鮮烈なその快楽に、お腹の奥から蜜がこぽりと溢れ出てくるのがわかった。

「あっ……ンぅ……ぁあ、あんっ」

耳や首に這う舌や、乳首を蹂躙する指に翻弄されて喘ぎながら、ルイーザはもじもじと内腿を擦り合わせる。

ガイウスに愛撫されるたび、そこがじくじくと疼いて仕方ない。

すっかり快楽を覚え込まされた身体は、そこに触れてもらえばもっと強い愉悦を与えてもらえることを知っているのだ。

膝の上で腰を揺らすルイーザに、ガイウスがクックツと喉を鳴らした。

「こら。そんなふうに強請っても駄目だ。ちゃんとどうしてほしいか言わないとね」

そんなことを言うくせに、ルイーザの腰を摑んで自分の熱杭を押し付けるから堪らない。ちょうど疼く部分に熱くて硬いものを感じて、身体が期待に熱くなった。

「あっ……いや、焦らさないで……」

頼りなげに懇願するのに、ガイウスは取りつく島もない。

「焦らしているのは君だろう？　ほら、どうしてほしいかちゃんと言って」

言いながらソロリと内股の柔らかい肉を撫でられると、もう我慢できなかった。

ルイーザは震えながら下肢を撫でるガイウスの手首を摑むと、自ら脚の付け根へと導いて言った。

「……っ、ここ……ここを、触って……！」

これだけ言うのが精一杯だったのに、ガイウスは容赦しない。

「ここ？」

面白がるような声で言って、薄すぎる恥毛を指先で撫でた。だが欲しいのはそこじゃない。ルイーザはイヤイヤと小さく首を振って、彼の指を蜜口の上の花芯へと導く。

するとようやく満足したのか、ガイウスが嬉しそうに笑った。

「ああ、君はこの小さな粒を弄られるのも好きだからね」

クスクスと笑いながら言われて、ルイーザは恥ずかしさに泣きたくなる。

だがガイウスが陰核に愛撫を加え始めると、すぐにそんな気持ちも消え失せた。

「ぁっ……あ、は、ぁっ、う、ぁあっ」

親指の腹で包皮の上から優しく捏ねられて、まるで小さな稲妻に貫かれたような快感が身体を走る。ガイウスは小さな花芯がすっかり立ち上がっているのを確認すると、指先で左右に嬲った。

「ひっ、ぁっ、ああっ、も、やぁっ、それ……ガイウスっ」

頭が焼き切れそうな快感に、ルイーザは脚を引き攣らせて善《よ》がる。

腰が揺れ、溢れ出した蜜液がぐちゅぐちゅと鳴った。

「ああ、もう私の手がびしょびしょだ。栓《せん》をしないとね」

ガイウスはそう言うと、濡れそぼった蜜口に指をつぷりと差し入れた。

「んん～っ」

まだ解れ切っていない陰路に異物が侵入する感覚に、ルイーザの身体がびくびくと反応する。最初の時には違和感しかなかった行為が、今は内側に彼が入ってくるだけで気持ちがよかった。自分の身体がガイウスによって作り変えられているのを感じて、ルイーザは泣きたい気持ちになる。

（このまま彼だけを受け入れて生きていけるのならば良かったのに）

だが自分はロレンツォの妻になる。ガイウスだけを知っている身体ではなくなってしまうのだ。そう思うと、余計に今ガイウスに触れていられることが、愛しかった。

ガイウスの指が狭い蜜筒の中で蠢く。肉襞の感触を楽しむようにしながら、時折引っ掻くような動きを見せた。

「とろとろだ」

ガイウスが歌うような口調で言う。

それを意地悪だと思うのに、口に出す余裕はもうなかった。

「ルイーザ、腰を浮かせて」

ガイウスが唇を食みながら囁き、ルイーザの両膝を後ろから抱える。

「あっ……」

浮いた腰をガイウスの腹に押し付けるようにして体勢を整えると、愛蜜で濡れぱっくりと開いた入口に、ガイウスの太い熱杭が宛てがわれた。

天をついて勃《た》ち上がった雄々しいそれを見て、期待に身体が震える。

「いくよ」

そう言うや否や、ガイウスはルイーザの身体を落とすようにして、中に入り込んできた。

「ぃあぁっ！」

　ズドンという衝撃と共に串刺しにされ、ルイーザの眼裏に火花が飛んだ。

　蜜口の入口の粘膜が最大限に引き伸ばされて苦しいほどなのに、隘路は押し入ってきた肉竿を歓待するように襞をうねらせている。

「ああ、最高だ」

　ガイウスが息を吐き出すように呻き、ルイーザの身体を自分の上で跳ねさせ始めた。

　激しい上下運動に合わせて、ずんずんと最奥まで貫かれる。いつもとは違う体位だからか、お腹の内側を強く抉られて、尿意にも似た快感がルイーザを苛んだ。

「あっ、ぁ、い、やぁ、あっ、ぁあっ、あっああ」

　まるで楽器のように鳴きながら、ルイーザはお腹の中に快感の渦《うず》がとぐろを巻き始めるのを感じる。硬く太い熱杭で自分の最奥を突き上げられると、頭の芯が痺れてまともにものを考えられなくなってくる。張り出した雁首の形が感じ取れるほど、媚肉が彼のものに絡みついているのがわかった。その動きは、まるでもっともっとと彼に強請っているようだ。

「ふ、ぁ、ガイウス……ガイウス！」

　膨れ上がった熱をどうにかしてほしくて、ルイーザはガイウスに向かって助けを求める。

　自分を快感でおかしくさせてしまうのは目の前の男だとわかっていても、この熱を解放してくれるのもまた彼だと知っているからだ。

「ああ、ルイーザ……なんてきれいなんだ……」

ガイウスが蕩けるような微笑みを浮かべて腰を動かし、肉棒でルイーザの蜜壺の中をぐるりと掻き回す。

「ん、ぁああっ」

もうこれ以上隙間もなくみっちりと埋め尽くされているのに、更に押し広げるようにグラインドされ、圧迫感と鈍い快感で目の前にパチパチと火花が飛んだ。

「ああ、すごい……食いちぎられそうだ」

ガイウスの嬉しそうな声がどこか遠い。感覚のすべてが、快感を追うことだけに使われ始めていく。

その時が近い。愉悦の扉を開き始めたルイーザの身体が、徐々に強張って準備を始めた。

膣内を暴れる肉棒をぎゅうぎゅうと締め付ける。

ガイウスが息を詰めるのがわかった。

「ルイーザッ……！」

切羽詰まった声でガイウスが名を呼ぶと、内側をみっちりと満たしていた彼が、さらに一回り大きく膨らむのを感じる。

「クッ……！」

呻き声と同時に重く強い一突きで一番奥まで満たされて、ルイーザは愉悦の向こうへ跳んだ。

白く霞む世界を眺めながら、お腹の中で彼が弾けるのを感じた。ガイウスの子種が自分の子宮に放たれていることに、本来なら恐怖を覚えなければならないのに、ルイーザは幸せだと思ってしまった。

身体の力が抜ける寸前に、ガイウスの腕が巻き付いて、背後から強く抱き締められる。

その力強さに安堵して、ルイーザは目を閉じたのだった。

＊＊＊

眠ってしまったルイーザの身を清めた後、彼女に掛布をかけ、ガイウスは寝室を出た。

これだけ疲労させておけば、しばらくは逃げ出す体力はないだろう。

自分をずっと待っていたと涙目で訴える彼女の表情を思い出し、知らず頬が緩む。

「私も、ずっと君だけを求めていたよ、ルイーザ」

妻ではないと言ったり逃げ出そうとしたり、本当の気持ちと逆のことばかりするから困ったけれど、ガイウスにはちゃんとわかっていた。

彼女は昔から少し天邪鬼《あまのじゃく》なところがあるのだ。

『皇女らしくあること』を幼い頃から教育されてきたルイーザは、自分の気持ちを素直に表に出せない。ガイウスとて、あのリラの木の下で泣いているところを見るまでは、ルイーザがとても素直で表情豊かなのだと知らなかったくらいだ。

やはり自分たちは想い合っている。たとえ引き離され、十数年離れ離れになっていたとしても、互いを信じ続けていられた自分たちは、まさに魂の片割れと言っていいだろう。

彼女を得るために舐めてきたあまたの辛酸《しんさん》も、甘く感じるほど嬉しい言葉だった。

微笑みながら階下へ下り、ダイニングルームへ行くと、そこにはパンを齧《かじ》るヴァノッツァの姿があった。テーブルには他に肉と野菜を煮込んだシチューとワインのグラスがある。

シチューはルイーザのためにガイウスが作っておいたものだが、それを食べているらしい。多めに用意していたし、ヴァノッツァが食べるだろうことは想定内だったので、特に文句を言うつもりはない。

「今頃夕食か？」

眉を上げて訊ねると、ジロリと険《けん》を孕んだ眼差しを向けてくる。

「おかげ様で、やることが多すぎて、ようやく食事にありつけたところよ」

相変わらず口の減らない女だ、と思いながらも、肩を竦めて嫌みを聞き流した。

ガイウスは自分用にグラスを取ると、ヴァノッツァの前に置かれているデカンタからワインを注ぎ入れる。

「あなたも食べるの？」

意外そうに言われ、軽く頭を振って否定した。

「いや。ワインだけを」

「あらそう。この煮込み料理、すごく美味しいのに」

「お褒めいただき光栄、と言えばいいのか？」

お互い嫌みを言い合うことはあっても、褒めることが滅多にないので、思わず怪訝な顔になってしまう。

ヴァノッツァは匙《さじ》でシチューの肉をつつきながら、肩を竦めた。

「食べ物に罪はないもの。それにしても、一国の公主ともあろうお方が、料理ができるなんてね」

「狩りをしたことがある人間ならば、できて当たり前だろう」

ヴァレンティアでは、狩猟は毎年公主主催の鹿狩りが行われるくらい盛んな遊びだ。狩猟に出ると、獲った獲物は獲った者がその場で捌《さば》いて食べるのが一連の流れだから、自然と料理ができるようになるのだ。

「褒めたのにそっけないわねぇ。憎たらしい」

「あなたに褒められても別段嬉しいとは思わないからな」

「ああ、ほんっとうに憎たらしい！　小さい時はもっとかわいげがあったのに！」

まるで自分の子ども時代をよく知っているかのような発言に、眉根が寄った。

苦虫を噛み潰したような顔をするこの女は、若く見えるがガイウスよりも十歳上である。確かに幼い頃に幾度か会ったことはあるが、親しい間柄だったとは言い難い。

「どうとでも。あなたにかわいいと思われる必要性を感じない」

無表情で吐き捨てると、ヴァノッツァは半眼になって一瞬押し黙り、はぁ、と深いため息をついた後、やさぐれたように頬杖をついた。

「……ああそう。本当に社交性の欠片も持ち合わせてないのね、あなたって」

「あなたとの関係が社交であるとは考えていない」

「ああ、もう、わかったわよ！　それよりも、状況はどうなっているの？　マレンツ島からの連絡は？」

マレンツ島とは、ヴァレンティア公国が所有している大西海に浮かぶ小島である。所有しているとはいえ、父の代まではその存在は忘れ去られていたようなものだった。人口が極めて少ない小さな離島であることから、価値のないものと放置されていたのだ。

だがこのマレンツ島から鉄が産出されることがわかったのだ。しかも、かなり豊富に。

ガイウスはすぐさま箝口令《かんこうれい》を布《し》き、この情報が他国へ出回らないようにした。鉄は、どの国も喉から手が出るほど欲しい資源だ。田舎の小国ヴァレンティアが豊かな鉄鉱山を所有しているとなれば、難癖をつけてこれを奪取しようとしてくるのは目に見えている。

そうなる前に、このマレンツ島に造船所と軍事基地を造ることにした。

離島であるマレンツ島は、他国に知られず軍艦を造り、軍隊を組織するには最適の場所だからだ。

ガイウスはワインを口に含み、ごくりと嚥下してから口を開く。

「連絡は定期的に取っている。昨日の報告では、新しい軍艦の使い勝手を試して、快調だとご機嫌だったたな」

グランデージ総督となった元海賊フェリペ・ロドリゲスは、ガイウスの想定通り理想的な軍人となってくれた。適度なカリスマ性に加え、統率力もあり、更には清濁《せいだく》併せ呑む器の大きさから人望も厚い。なにより、元海賊だけあって海を舞台に戦わせれば、べらぼうに強い。おそらくこの大陸でフェリペに敵う海軍はないだろう。

その上、ガイウスはフェリペに新しい軍艦を与えていた。

陸戦が主である大陸の国々は造船技術の向上には今はまだ興味がない。つまり大陸の造船技術は進化しないままの状態だ。だが海賊たちは違う。彼らにとって、船は国であり、家であり、戦車である。より良いものにしたい願望は誰よりも強い。故にフェリペたちは造船技術が最先端である国を知っていた。

それが大西海の果てにある、コウタイという島国だった。

コウタイは、土地自体は貧しく特産物もないのだが、古くから西方諸島や更にその西の大陸の国々との中継貿易で発展してきた国である。またコウタイの国民は総じて器用な者が多く、貿易港に到着した船を修理する必要性があったことから、造船技術が飛躍的に発展したのだという。今では中継貿易だけでなく、造船業も主な収入源となっているらしい。

ガイウスはヴァレンティアの船大工たちをコウタイへ送り出し、その技術を学ばせた。そしてその者たちに、マレンツ島で軍艦を造らせたのである。

最先端の技術を駆使して造り上げた軍艦は、まさに無敵艦だ。

(事実上、大陸最強の海軍だ)

ガイウスはニタリと口の端を上げた。自分の右手を見下ろし、グッと力を込めて握り込む。

ようやく、最強と呼べる力を手に入れた。この圧倒的な軍事力をもってして、自分からルイーザを奪ったすべてを駆逐《くちく》してやる。

「時は満ちた」

ガイウスが呟くと、ヴァノッツァも顔を紅潮させて頷いた。

「そのようね。……いよいよだわ。あなたが、この大陸の覇者となる」

ヴァノッツァの言葉に、ガイウスは鼻を鳴らす。

まるでそれが目的のように言うとは、やはりこの女はなにもわかっていない。

この大陸の覇者となるのは、目的のためにそれが必要だからだ。
すべてを蹴散らさなければ得られない花のために。
（ルイーザ。ようやく、私は君を手に入れる）
焦がれ続けた最愛の妻を、この手に取り戻す。

第五章　戦

ルイーザは窓の外から聞こえてくる音に神経を集中させていた。

誘拐から四日目、この部屋に閉じ込められたまま、ガイウスに抱き潰されるだけの日々を送っているが、脱走を諦めたわけではない。

（なんとかしてシャリューレへ帰らなければ……！）

ルイーザがいなくなったことで、シャリューレとアドリアーチェがどういう動きをしているのかすらわからないが、いつ戦争が起きてもおかしくはない状況だということは間違いない。

（このままここに閉じ込められているわけにはいかないのよ……！）

とにかくガイウスの手から逃れることが先決である。

そのために、ルイーザはヴァノッツァを懐柔しようと考えていた。この屋敷でガイウス以外に接触するのは彼女だけだから彼女を選ぶしかないのだが。

（……彼らの会話から推察するに、ガイウスとヴァノッツァはそんなに仲が良いわけではなさそうだわ）

ガイウスのヴァノッツァに対する態度はぞんざいだし、あまり敬意が感じられない。

そしてヴァノッツァの方も、ガイウスへ向ける感情は好意とは言い難い。

（……犬猿の仲というものかしら）

本能的に気が合わない者同士、という印象だ。

だから、ガイウスに対して反感を煽る発言をすることで、ヴァノッツァの同情を買うことができそうだと踏んだのだ。

（重要なのは、ヴァノッツァの懐柔作戦は、ガイウスのいない時にすること）

そうでなければ、たちどころに彼に見つかって、手酷いお仕置きをされてしまうだろう。

この間は本当にひどい目に遭った。あの後ガイウスは、三度果ててもまだ終わらず、ルイーザが泣いて謝っても止まってくれなかった。行為は翌日まで続き、ルイーザは疲労困憊でベッドから出ることがかなわなかった。

もう二度とあんな目には遭いたくない。

ルイーザはブルリと身体を震わせた後、馬の嘶《いなな》きを聞いてすっくと立ち上がった。窓際に立ってそっと外を窺えば、馬に乗って屋敷の門を出て行くガイウスの姿が確認できた。

（よし！　行ったわ！）

ルイーザはサッと身を翻すと、呼び鈴を鳴らしてヴァノッツァを呼んだ。そうしておいて、サッとベッドに戻ると、くたりとその上に身体を寝かせる。

やがてノックの音と共にヴァノッツァの声が聞こえてきた。

「お呼びでしょうか、皇女様」

「入って……」

わざと弱々しい声で言うと、ドアが開いてヴァノッツァが顔を覗かせる。

「まあ、皇女様！　どうなさったのですか！」

ベッドの上に倒れ伏すルイーザに驚いて、ヴァノッツァが悲鳴混じりの声を上げて駆け寄ってきた。ルイーザは殊更緩慢な動作で身を起こし、ヴァノッツァの方を見る。

「か、身体が痛くて……」

上目遣いをして震え声で訴えれば、ヴァノッツァがカッと目を吊り上げた。

「あの男……！　こんなに華奢な女性に無体な真似を！　体格差を考えろというのに！」

怒りのこもった呟きは、予想通りガイウスに向けたものだった。ルイーザはしめしめと内心で笑みを浮かべる。

ガイウスがこの部屋にルイーザを連れ込んでなにをしているのか、ヴァノッツァが知らないはずがない。ガイウスが無理やり事に及んでいると考えているわけではないだろうが、そもそも誘拐してきて、ルイーザが逃げ出そうとしていることも知っているのだから、ガイウスとルイーザの関係がまっとうなものだとも考えていないはずである。

(彼女はわたくしに同情しているはず……！)

その同情心を突こうという作戦なのだ。

「大丈夫ですか、皇女様。ただいま疲労回復のための薬湯をご用意します。少しお待ちくださいね」

「……いえ、薬湯は要らないわ。それよりも、身体のあちこちが痛いから……温泉に浸かって癒やしたいのだけれど、だめかしら？」

ルイーザの提案に、ヴァノッツァは目を丸くした。

「温泉……ですか？」

「ええ。だってここはバラドでしょう？　温泉があちこちにあるはずよ」

ニコリと笑って答えると、ヴァノッツァが息を呑むのがわかった。まさかルイーザがここがどこなのか見破っているとは思っていなかったのだろう。

「どうして、ここがバラドだと……」

「誘拐されてから経過した時間を計算すれば、地理的にバラドが妥当だもの。温泉がたくさんある保養地のバラドなら、貴族の別荘も乱立しているから、わたくしを隠すにはもってこいだわ。そうでしょう？」

ルイーザの回答に、ヴァノッツァがため息をついた。

「さすが、と申し上げるべきでしょうか」

ルイーザは困ったように眉を下げ、ヴァノッツァの手を取って両手で握る。

「大げさね。少し考えれば誰でもわかることだわ。……でも、そうね。あなたがわたくしをなにも考えられない小娘だと思っているのなら、考えを改めてもらえるとありがたいわ。わたくしは小娘だけれど、シャリューレ神聖国の皇女でもあるの。我が国とアドリアーチェとの今回の政略結婚が成立しなければ、戦争が起きてしまうかもしれないという状況を理解できる程度には、賢いつもりよ」

手を握る指に力を込め、ルイーザはまっすぐにヴァノッツァの目を見つめて言った。

彼女は気圧されたように言葉を失い、手を引こうとする。だがルイーザは更に力を込めてそれを許さなかった。ここで逃がすわけにはいかない。

「……皇女様」

「ヴァノッツァ。わたくしは戦争を起こしたくはないの」

ルイーザの言葉に、ヴァノッツァは苦しげな表情になった。

「……国の歴史とは、戦争の歴史でもあります。どうしても得なければならないもののために、戦いしか選択肢がない場合もあるのです、皇女様」

「どうしても得なければならないもの……？」

ルイーザは眉根を寄せた。それは強者――上に立つ者の論理だと思ったからだ。だが同時に、ヴァノッツァの言う通り、それが大陸の国々の歴史でもあった。侵略される前に侵略する――そうやって、この大陸の国々は戦をし続けてきた。小康状態であると言われる現在とて、ほんの一突《ひとつ》きであっという間に戦が始まる。

(侵略を許すくらいなら、ということ? でもヴァレンティア公国は、大陸の勢力争いの渦中にある三国からは遠く離れているわ。戦をしかけてまで得たいものは、ヴァレンティアにはないと思うのだけれど)

「あなたたちはなにが目的なの?」

ガイウスがルイーザを攫った理由は一体なんなのか。そしてそれに協力するヴァノッツァは何者で、その目的とはなにか。

ルイーザの問いに、ヴァノッツァは苦い笑みを浮かべる。

「……本当におわかりになっていないのですか?」

質問したのはこちらの方なのに、困ったように問い返されて、ルイーザは困惑した。わからないから訊いているのだ、と言いたかったが、ヴァノッツァの眼差しはまるで出来損ないの生徒を見る教師のようで、ルイーザは思わず口を噤む。

言い淀んでいると、ヴァノッツァは静かな口調で言った。

「ヴァレンティア公の目的は、私の口から申し上げるわけにはいきませんが、私の目的ならばお伝えできます」

「……聞かせてほしいわ」

　ひとまずはそれでいい、とルイーザは頷く。答え次第では、ガイウスと彼女の関係性が具体的にわかるかもしれない。

「私の実家は、古来より塩業を営んでおりました」

　ヴァノッツァの言葉に、ルイーザは「やはり」と首肯した。先日彼女とガイウスが話していた内容から、そうなのだろうなと見当づけていたのだ。

「百数十年前に、酒や鉄などと同様に塩の売買も国が管理することになりましたが、その頃には塩業でかなり大きくなっていた我が家は、国から販売権を購入することで、更なる発展を遂げました」

　ルイーザは「まあ」と感嘆の声を上げる。

「それならば、かなり大きな塩名主なのね」

「ええ。おかげで大金持ちとなった我が家は、百年ほど前に王より爵位をいただきまして。まあ、お金で買ったようなものですが」

　なるほど、とルイーザは思う。シャリューレでは、爵位を金で買えるとしても男爵位がせいぜいだが、財政難の他国ではもっと上の爵位まで買えると聞いたことがある。

（ヴァノッツァは『お金で買ったようなもの』と言っていたし、塩でなんらかの功績を挙

げ、その褒賞として授爵されたのかもしれない）

塩は人が生きていくために必須であるだけでなく、軍馬を育てるためにも不可欠なものだ。馬は驚くほどたくさん食べるのだ。戦争の多いこの大陸にある国の王ならば、軍馬を育てるための塩がいかに貴重で重要なものか理解していないはずがない。塩名主に爵位を与えるくらいはしてもおかしくはないだろう。

「私は父の塩田の利権の一部を相続したのです」

「え？　女性であるあなたが？」

ルイーザは思わず口を挟んでしまった。まだ大陸において、女性は父親や夫の所有物という考え方が根強い。そんな中、息子ではなく娘に遺産を相続させることは非常に珍しい話だったからだ。

ルイーザの驚きはもっともだと言うように、ヴァネッツァは頷いた。

「私は父の意向で身分の高い男に嫁がされました。その際に、父は私に田園の利権の一部を付与したのです」

「なるほど。持参金代わりということね」

妻のものは夫のもの――すなわちその利権は夫のものとなるわけだ。

「ですがその夫が早死にしましたので……」

「まあ、お気の毒に……」

ヴァノッツァが結婚していたことは初めて知ったが、その上未亡人であったなんて、とルイーザは咄嗟にお悔やみの言葉を口にする。するとヴァノッツァは一瞬きょとんとした顔になって、クッと皮肉っぽい笑みを浮かべた。

「全然気の毒ではないんです。それどころか、死んでくれて幸運でした。夫は、気に入らないことがあると私に暴力を振るう男だったので」

「……まぁ……」

軽い口調で言ってのけるヴァノッツァに、ルイーザは呆気に取られてしまう。

だが貴族間の結婚ではままあることだ。貴族の結婚のほとんどが政略結婚なのだ。相手が気に入らなくて関係が上手くいかず、夫婦仲が冷めきっているという話は、それこそ社交界に出ればゴロゴロと出てくる。

「ともあれ、夫が死んでくれたおかげで、私は女でありながら実家の塩田の利権を手にすることができたというわけです」

「あの、ご夫君が亡くなられると、その財産はその後継者となる男子に引き継がれるのではないの？」

少なくともシャリューレではそうだ。おそらく大陸のほとんどの国がそうだったはずだが、と疑問に思って訊ねれば、ヴァノッツァは「ふふふ」と楽しげに含み笑いをした。

「うちの父はものすごくごうつくばりなのです。でも結局それが仇《あだ》になったのですけれどね」

そんなよくわからない説明をして、クックッと一人で思い出し笑いをしている。

要領を得ないルイーザが首を傾げていると、ヴァノッツァはようやく笑いを収め、噛み砕いて説明をしてくれた。

「父は塩田の利権を持参金代わりにしましたが、それは条件付きだったのです」

「条件付き？」

「ええ。塩田の利権者はあくまで私であるという条件です。私が夫から離縁された場合に備えたのでしょうね。夫には私と結婚する前からの愛人がいましたから……。結婚してすぐ離婚となれば、利権だけ奪われてしまいます。それを防ぐためです。私が実家に戻されれば、塩田は無事に父のもとに還るというわけです」

「そ、そうだったのね……」

相槌を打ったものの、反応はこれで合っているのだろうかと悩んでしまう。彼女の夫も父も、ヴァノッツァを道具のように扱っていたことが窺えて胸が痛んだ。業の深い話である。

「離縁されるより先に夫が死んでくれたので、塩田の利権は私に回ってきました。まあ、ごうつくばりの父がそれを黙って見ているはずもなく、夫が死んだ後、実家に戻るように要請されました。私を実家に押し込め、自分の息のかかった男を今度は婿に迎えて、塩田の利権を取り戻そうという魂胆なのは見え見えです」

「それは……」

ルイーザは苦いものを噛んだ時のように顔を顰めた。

ヴァノッツァの実父が取った行動は、この大陸においては常識と考えられているようなものだ。富も地位も権力も男性のもので、女性にはそれを持つ権利などないのが現実だ。

だが現実がそうであったからといって、それに女性が不満を抱いていないわけではない。

ルイーザとてそうだ。兄たちには認められて、自分や妹たちには認められないことなど数えればきりがない。だがそういうものだという無言の圧力に口を噤むしかなかったのだ。

ヴァノッツァはそういう圧力の被害者と言っても過言ではない。

父によって問答無用で嫁がされ、夫には暴力を振るわれ、その男が死んだ後また父親に利用されそうになっているのだから。

他人《ひと》の話だとしても、腹が立ってきてしまう。

「ひどい話だわ」

ルイーザの低い呟きに、ヴァノッツァがキラリと目を光らせる。

「だから、私は父に一泡吹かせてやろうと考えたのです。私は父の所に戻らず、アドリアーチェに亡命するつもりです」

「えっ!?　アドリアーチェに!?」

思いがけない発言に、ルイーザは目をぱちくりさせた。

奇想天外な発想だ。貴族の女性が親や夫の保障なしに他国へ亡命するなど、可能なことは到底思えなかったからだ。

だがヴァノッツァは真剣そのものといった表情で語り出す。

「アドリアーチェはこの大陸で唯一の共和国です。貴族制度も残ってはいますが、平民の地位は他国とは比較にならないくらい高い。と同時に、女性の地位も向上しつつあるのです。そしてなにより、移民に非常に寛容です。移民であっても、お金さえ払えば共和国民と同様の権利が認められます」

確かに、とルイーザは頭の中で記憶を引き出していた。

アドリアーチェは大陸唯一の共和国であるがゆえに、他国から圧力を受けやすく、戦禍を被りやすい。それに対抗するだけの国力を維持するために、移民の受け入れを積極的に行っているのは周知の事実だ。国力とは言い換えれば、人であるからだ。

「……つまりあなたは塩田の利権を売って、そのお金でアドリアーチェに亡命するつもりなのね？」

ルイーザの問いに、ヴァノッツァはニコリと笑顔を見せた。

「その通りです。ヴァレンティア公には、私の亡命の手助けをしてもらう代わりに、塩田の権利をお渡しすることになっております。そのための共闘関係です」

「なるほど……」

ルイーザは額に手をやって一生懸命情報を整理する。

「ええと、でも待って。あなたの目的はわかったけれど、私を攫うこととは無関係な気がするのだけれど」

ヴァノッツァがガイウスと行動を共にする理由はわかったが、それはルイーザの知りたいこととは違う。

「ええ。ですから、あなたを攫うことは私の目的ではなく、公の目的だということなのです」

ニッコリと笑って肯定され、ルイーザはじとりとヴァノッツァを睨んだ。

「……ひどいわ。それじゃなんにもわからないじゃないの！」

「私は最初から、公の目的を喋るわけにはいかないと申し上げましたよ」

「それはそうだけれど……。少しは情報をくれてもいいのでは？」

むっつりとした顔で文句を言えば、ヴァノッツァは困ったように眉を下げる。

「皇女様のご心配はもっともです。ですが、皇女様はすべてヴァレンティア公にお任せしておけば大丈夫です」

犬猿の仲であるようでいて、ヴァノッツァはガイウスを信頼しているらしい。

なんだか面白くない気持ちになって、ルイーザはため息をついた。

「任せられないから言っているのよ。そもそもあの人は妻帯者なのよ。奥様に申し訳なくて……」

言いながら自分の言葉に現実を突きつけられてしまい、胸にずっしりと罪悪感が込み上げる。まったく、ヴァノッツァもヴァノッツァだ。他国の姫を拐《かどわか》して愛人にしようとしている男に、なにを任せろと言うのか。自分も周りも駄目な人間ばかりで、なんと情けないことか。

「本当に、最悪だわ……」

自嘲のこもった呟きには、涙が絡んでしまった。

俯いてその涙を誤魔化すルイーザを見つめていたヴァノッツァが、困ったような苦しいような、なんとも微妙な表情で口を開く。

「あの、ルイーザ様、実は……」

その瞬間だった。

ドカッ、と大きな衝撃音がして、扉から兵士が雪崩《なだ》れ込んできた。

「きゃ……！」

「皇女様！」

驚いて悲鳴を上げるルイーザを、ヴァノッツァが背中に庇う。

だが兵士の一人が素早く動いてヴァノッツァを引き剥がすと、彼女を床にうつ伏せに引き倒してしまった。

「ヴァノッツァ！」

屈強な男性の力に、女性が敵うはずもない。それなのに兵士はヴァノッツァの背中に膝をつき、その上に体重をかけて彼女を取り押さえた。鎧を着けた兵士の重さに、ヴァノッツァが呻き声を上げるのを見て、ルイーザは悲鳴を上げて彼女を助けようと立ち上がる。

「なにをするの！　彼女を放しなさい！」

だがいつの間にか傍にやって来ていた他の兵士が、ルイーザの肩を摑んでそれを止めた。男の手を振り払おうとした瞬間、兵士の低い声が聞こえてきた。

「皇女様、皇帝陛下の命によりお助けに参りました。我々は皇軍《こうぐん》です」

その台詞に、ルイーザはハッとなって改めて兵士たちの姿を見た。彼らの纏うマント――赤地に金の糸で刺繍された北の中心星の紋章は、確かにシャリューレ神聖国の紋章である。その紋章を身に着けられるのは、シャリューレ神聖国の軍隊の中でも、皇族を守るために組織された精鋭部隊――皇軍だけだ。

（お父様が……）

助けにきてくれたのだ、とわかったのに、ルイーザの心は一気に不安に曇る。

（ガイウス……）

今ガイウスはいない。ということは、これでシャリューレに連れ帰られてしまえば、もう会えなくなってしまう。

（そんな……）

ルイーザは咄嗟にドアの方へ目を遣った。今すぐにでも彼があそこから姿を現してくれないだろうか。もう会えないのならば、最後にその姿を眼に焼き付けておきたかった。

そんな願望を抱いた自分がおかしくて、ルイーザは苦い笑みを口元に浮かべる。

ガイウスがここにいれば、皇女誘拐犯として捕らえられ、処刑されてしまうだろう。誘拐され閉じ込められて、言うことを聞いてくれないガイウスに腹を立ててはいたけれど、彼の死など望んだことは一度もない。

（だってわたくしは……ガイウスを、今でも愛しているのだもの）

愛する人の死を望む者がいるはずがない。

ずっとここから逃げ出すことばかり考えていたくせに、いざ逃げられるとなると、どうしてこんなにも不安になってしまうのか。

「皇女様？　ご気分でもお悪いのですか？」

考え込んだルイーザに、兵士が訝しげに問いかける。

ハッと我に返って兵士の顔を見ると、ルイーザは首を横に振って自分本位な考えを振り払った。

（わたくしは、なにをばかなことを）

今は国際問題を回避することが最優先だ。ルイーザが行方不明になったことで、シャリューレ・アドリアーチェ間の外交に亀裂が入った恐れがある。自分が戻ったところでその亀裂を完全に修復できる可能性は低いだろうが、それでも原因である自分が無事に姿を現すことで大きな問題は解決できるだろう。

（そのために、わたくしは力を尽くさなくては……！）

誘拐された時点で事実がどうであれ、自分の貞操は失われたも同然だ。政略結婚の道具としての価値は半減したけれど、それでも皇女という価値はまだ存在する。

自分にもまだできることはあるはずだ。

ルイーザはお腹に力を込めて背筋を伸ばすと、兵士に向かって微笑んだ。

「大丈夫よ。行きましょう。……それと、彼女を放しなさい。彼女は誘拐されたわたくしの面倒を見てくれた恩人よ。ひどい真似はしないでちょうだい」

引き倒され、縄で拘束されたヴァノッツァを見てそう指示を出すと、兵士は少し困惑した表情になったものの、「は！」と頷いて部下に目配せをする。

ルイーザはヴァノッツァの方へ歩み寄り、彼女が身を起こすのを助けた。

拘束を解かれたヴァノッツァは、ルイーザを見上げる。

「……皇女様」

「お世話になったわ。いろいろありがとう、ヴァノッツァ」

ルイーザは労いの言葉と共に、彼女の頬に親愛のキスをする。その瞬間に、ごく小さな囁き声で『あなたに監視が付くわ。撒《ま》いて逃げて』と早口で告げる。ヴァノッツァがわずかに頷くのを気配で確認して、ルイーザは顔を離した。

ルイーザはヴァノッツァをここに置いていくつもりだった。

連れて行けば彼女が尋問されるのは当然のことだからだ。

(口を割らなければ拷問されてしまう)

短い間だったけれど、ヴァノッツァは良くしてくれた。拷問なんて受けさせたくない。

ルイーザが『ヴァノッツァは恩人だから解放しろ』と言い張れば、皇軍は聞き入れざるを得ないだろうが、ヴァノッツァへの監視を付けるだろうことは想定できる。

ヴァノッツァはガイウスと共闘関係にあるから、この後彼と連絡をつけないはずがない。監視がヴァノッツァ諸共ガイウスを捕らえてしまわないように、彼女が撒いてくれることを願い、忠告を口にせずにはいられなかった。

「あなたはもう自由よ、ヴァノッツァ」

ルイーザはそう言い置くと、兵士たちに連れられて屋敷を出たのだった。

＊＊＊

カッターブルク宮殿の門を見たのは、誘拐から六日が経過した日だった。

ルイーザが軟禁されていたのはやはりバラドで、そこからシャリューレの首都ヘルマンまでは馬車で二日の道程である。

ルイーザは馬車の中で重いため息をついて、車窓のカーテンを閉めた。生まれ育った城が見える景色を、視界から締め出したいと思う日が来るなんて。

（思えば、最初の結婚から出戻った時も、重い気持ちだったわ）

あの時は海路だった。ヴァレンティアからの船はシャリューレの北に位置する港町ポタヴィスに到着し、そこから馬車でヘルマンへ戻ったのだ。ルイーザは船酔いする性質ではなかったようで、船の大きな揺れよりも馬車のガタガタという揺れの方が辛く感じたのを覚えている。

なにより、最愛のガイウスから引き離された辛さに、ずっと泣いていた気がする。

だが今は悲しい気持ちよりも、焦燥感が大きい。ガイウスが誘拐犯であることを悟らせずに、どうやって父を誤魔化そうかと考えを巡らせていたからだ。

（わたくしの誤魔化し方一つで、他国に多大な迷惑をかけてしまう可能性があるわ……）

誘拐したのがアドリアーチェ人であったと言えば、アドリアーチェとの戦争になるだろう。それをエランディアや他の国に変えても同じだ。となれば、どこの国なのか特徴がわからなかったとしか言えない。

(誘拐犯は、わたくしと接触する際、ずっと覆面を被っていたと言うしかないわね……)

ついでに言えば、複数名いて、言葉は皆シャリューレの公用語を使っていたが、訛りが強く、聞き取りづらかった、と濁しておけばいいだろうか。

とにかく、犯人がガイウスだという正解に辿り着けないように証言しなければいけないのだが、なにをどう言っても、どこかでボロが出そうな気がしてならない。

(まずいと思ったら、気を失ったふりでやり過ごすしかないかしら……)

ずっと虚弱体質だと言ってきた嘘がこんなふうに役に立つとは。

人生なにが起こるかわからないものである。

(ああ、もう、結局ガイウスの目的はなんだったの!?)

どんな目的であったにしろ、あの男がこんなことをしでかさなければ、自分は今頃アドリアーチェに輿入れしていたというのに。いや、別にロレンツォと結婚したかったわけではないけれど。自分でもどうかしていると思うが、こんな厄介事の後始末を押し付けられた形になっても、ガイウスと結ばれたことに、残念ながら後悔はないのだ。

(わたくしには、男を見る目がないことがわかったわ……)

妻帯者であるのに、他の女を誘拐して手を出す男。しかも田舎の小公国とはいえ、一国の公主である。伴侶とするには難点が多すぎることだけは確かだ。

結局はそんな難点だらけの男を愛してしまった自分の責任か、と己にうんざりしながら、もう何度目かわからないため息をついて、ルイーザは馬車の背凭れに身を預けた。

それから間を置かず馬車が停止し、合図と共に扉が開かれる。

兵士の手を借りて降車したルイーザは、目にした景色にギョッとなった。

城の入口の前に、甲冑を身に着けた完全装備の兵士たちが立ち並んでいたからだ。物々しい雰囲気に圧倒されていると、手を引く兵士が安心させようとしたのか、声をかけてきた。

「大丈夫です。アドリアーチェが攻め入ってきたとしても、我々が必ず皇女様をお守りいたしますゆえ！　それに、現在シャリューレ軍は総力を挙げてアドリアーチェへ向けて進軍しております！」

「アドリアーチェに進軍ですって……!?　なんてこと！」

兵士の台詞に、ルイーザは思わず悲鳴のような声を上げた。

やはりルイーザの誘拐が原因で、アドリアーチェとの戦争が起きてしまったのだ。

最悪の事態に、ルイーザは兵士の手を振り払って駆け出した。

「皇女様!?　お待ちください！」

驚いた兵士が制止の声を上げたが、構ってなどいられない。

自分の誘拐にアドリアーチェは無関係だ。もちろんシャリューレとて関わっていない。

無実の国同士が責任の押し付け合いをすることで戦争を始めるなど、あっていいはずがない。

ルイーザは全速力で走った。向かう先は、父の執務室だ。自分の無事な姿を見れば、父も考えを改めてくれるのではないか、そう期待してのことだった。

執務室の前には、扉を守るように兵士が立っていて、息を切らせて走ってきた皇女に目を丸くしていた。

「わ、たくしは……第一皇女、ルイーザ・シャルロット・ダルブレです！　父帝マティアス三世に面会を求めます！」

慣れない全速力に息切れしつつ叫べば、兵士はポカンとした顔になった。虚弱体質であるはずの皇女が走って現れたのだから、目を疑ってもおかしくはない。

ルイーザの大声が聞こえたのか、扉の中から声が飛んできた。

「ルイーザだと!?　入りなさい！」

父の声に安堵し、ルイーザは兵士が慌てて開いてくれた扉の中へと足を踏み入れる。

執務室には、父の他に宰相である侯爵や、将軍が立っていた。三人とも緊張に強張った表情に加え、目の下に濃い隈《くま》があって、状況がそれだけ緊迫していることをルイーザに伝えた。

「おお、ルイーザ！　よくぞ無事で……！」

ルイーザの顔を見るなり、父は立ち上がって駆け寄り、その腕の中に娘を掻き抱いた。

父の身にすっぽりと包まれながら、ルイーザは不思議な気持ちになる。

（……お父様は、こんなに小さかったかしら……？）

今まではもっと大きい人のように感じていたのに、今こうして抱き締められると、その身体がそれほど大きいわけではないことに気づいた。

（ああ、そうか。ガイウスの方が、お父様よりもずっと大きいから……）

大柄なガイウスは、中肉中背の父に比べると、一回りは大きい。どうやら拉致されていた数日間で、自分はガイウスの身体にすっかり慣れてしまっていたらしい。

父はルイーザの顔を両手で包み込むと、涙目で娘の顔を見つめた。

「ああ、ルイーザ。良かった。生きた心地がしなかったぞ……！」

その震える声に、父が心底自分の安否を心配してくれていたことが窺えて、ルイーザも目頭が熱くなってくる。ルイーザが逆の立場なら、きっと夜も眠れないだろう。そんな心労をかけてしまったことを、心から申し訳なく思う。

「ご心配をおかけしてごめんなさい、お父様」

声を詰まらせながら謝れば、父はフルフルと頭《かぶり》を振った。

「いい、いいのだよ。お前が無事ならばそれで……」

父の言葉にまた涙が込み上げる。ルイーザは父の手の温もりを感じながら、皇軍と共に帰国する選択は、やはり間違いではなかったのだと実感した。

そんな親子の邂逅は、宰相によって中断させられた。

「陛下。皇女様がお戻りになったことは、公表なさいますか」

宰相の問いに、父がピタリと動きを止め、抱擁の腕を解いて宰相へと目を向ける。

そしてきっぱりと首を横に振った。

「ならん。既に戦いの火蓋は切られた。戦争が終結するまでは、ルイーザの帰還は伏せておかねばならない」

父の答えに、ルイーザは仰天する。

(何故そんな答えになるの!?)

「そ、そんな！　わたくしはこうして無事に戻りましたわ。どうか、アドリアーチェとの無駄な戦争などおやめになってください！」

父の袖を掴み、取り縋るようにして訴えるルイーザに、しかし父帝は冷徹な眼差しを向けた。

「そのような単純な話ではないのだ、ルイーザ。元より我が国とアドリアーチェは、敵対関係であったものを、時代の状況から一時的に同盟を結ぼうとしていたにすぎない。互いに侵略する機会を虎視眈々と狙っている獣同士というわけだ。一度戦争が起きてしまった以上、我々が勝利を手にしない限りは、アドリアーチェに食い破られるだけなのだ」

確かに父の言うことはもっともだ。シャリューレ神聖国、エランディア王国、そしてアドリアーチェ共和国というこの隣接する三国は、もう百年近くも小競り合いを繰り返しているのだから。

だからといって、する必要のない戦いを長引かせる理由はない。戦争が長引けば、命を落とすのは民だ。支配する者の思惑で争いが起こされ、被害者はいつだって争う理由すら知らない民なのだ。

「ですが、お父様……！」

「今は説明している暇はないのだ。お前はひとまず自室へ。誰か――」

言い募ろうとするルイーザを、父帝は手を一振りするだけで退かせようとした。

その時、慌ただしい物音と共に扉をノックする音が響く。父が入室の許可を出すと、今まさに馬から降りたばかりというボロボロの出で立ちの伝令が、転がり込むようにして現れた。

「皇帝陛下に申し上げます！　昨日の夜半にポタヴィス港に艦隊が押し寄せ、ポタヴィスの街ごと占拠されました！」

「なんだと!?」

皇帝が悲鳴のような声を上げ、宰相と将軍も顔色を変える。

さもあらん。ポタヴィスは北の大陸との交易の拠点となっている。つまりシャリューレの貿易の要とも言える街だ。そこを襲撃されたとなれば、被害は甚大《じんだい》となる。

おまけに、現在アドリアーチェへ向けてシャリューレの全軍を南下させている最中である。ポタヴィスへ送る援軍がない。

「艦隊!?　何故ポタヴィスが!?」

「こんな時に奇襲だと!　どこの国だ!　エランディアか!?」

宰相と将軍が同時に叫び、伝令が蒼褪めた顔でそれに答えた。

「軍艦にはヴァレンティア公国の国旗が掲げられておりました!」

その国の名前に、ルイーザは卒倒《そっとう》しそうになる。

(な、なんですって……!?)

ヴァレンティア公国——すなわち、ガイウスがシャリューレに攻め入ってきたということだ。なにか考えがあってルイーザを誘拐したのだろうとは思っていたが、戦争をしかけてくるなんて。戦争をする気なのか、と彼に訊いてみたことがあったが、あれは疑っていたというよりは、「このままでは戦争になるわよ」という脅しのつもりだったのに。

(な、何故!?　どうして、ガイウスが我が国に攻めてくるの!?)

戦争を繰り返している三国とは遠く離れているヴァレンティア公国が、シャリューレに攻め入ってくる理由がわからない。まして、ガイウスの父の代にはシャリューレに恩があるはずだ。

しかもこう言ってはなんだが、ヴァレンティアが軍事力でシャリューレに敵うわけがない。なんて無謀なことをしているのだろう。

（正気なの、ガイウス！）

ルイーザの考察とほとんど同じことを考えたらしい将軍が、国の名前を聞いてあからさまに安堵の様子を見せる。

「ヴァレンティアだと？　あの小国になにができるというのだ。軍艦などと大げさな。小舟で海賊の真似事でもしているのだろう」

安易な見解を述べる将軍に、伝令は「いいえ」と首を振った。

「軍艦はいくつもの大砲をのせた、今までに見たこともないような大きさの船でした！　その他、ガレー船、ガレオン船、キャラック船など十数隻……乗っている航海士と兵士の総数は、一万五千は超えるかと……！」

「一万五千だと……!?」

あまりの数に、将軍はそう言ったきり絶句する。

一万五千人で構成される艦隊など、この大陸のどの国も持っていない。奇襲でなくともその規模で来られると、シャリューレの総力を挙げても太刀打ちできないかもしれない。

「それに軍艦から放たれる大砲の威力も、既存のものの数倍はあります。弾が小さいけれど素材が強靭で、街の建物や防壁は一瞬で粉砕されます。その上、物にぶつかる衝撃で爆発する仕組みになっており、建物を崩壊させた後、その周辺を爆破してしまうのです！

軍艦到来から一夜にして、ポタヴィスは崩壊寸前です！　ポタヴィス領主、バラム伯爵は籠城することで持ち堪えておりますが、それもいつまで持つか……！　どうか、どうか、早急に我らに援軍を……！」

悲痛な声の嘆願に、執務室にいた全員が言葉もなく互いの顔を見合った。

これは現実なのだろうかと、疑っているのが見て取れる。ルイーザ自身もそう思っていた。

（どういう……ことなの……？）

伝令の話が本当ならば、田舎の小国だと思われてきたヴァレンティア公国が、この大陸のどこよりも強い海軍を作り上げたということだ。

自国の軍事力だけではギルドの反乱すら収められなかった脆弱《ぜいじゃく》な小国が、たった十数年でこれほどの軍事力をどうやって得たというのか。

信じがたい事実に驚く半面、本当なのだろうかと疑ってしまう。

（でももしそれが本当なら……）

ルイーザは複雑な心境に眉根が寄った。

自国の民が傷つけられたのだと思うと、心配と敵への腹立たしさが沸き起こる。だがその敵が愛するガイウスなのかもしれないとなれば、この後彼がシャリューレ神聖国から受ける報復を想像し、今度はそちらを心配してしまう。

（ああ、本当にもう、わたくしはなんて厄介な男を愛してしまったの……！）

相反する感情に葛藤していると、執務室の外が一気に騒がしくなった。

待て、止めろ、などの怒声が響き、剣戟の甲高い音まで聞こえてくる。

「なんだ!?　襲撃か!?」

尋常ではない物音に、将軍が血相を変えて扉の方へ向かったその時、バン！　と勢いよく扉が開かれた。

仰天する面々の前に現れたのは、なんとガイウスその人だった。

大柄の体軀に、紺色の軍服が凛々しく、非常によく似合っている。改めて眺めると、こんなに大きな人だったのかと感心すらしてしまった。丈の長い上衣から伸びる脚は信じられないくらい長い。

「ガ……！」

ルイーザは名前を叫びかけて、慌てて手で自分の口を覆う。今自分が彼の姿を判別できているとわかれば、芋づる式に彼が誘拐犯であることを喋らなくてはいけなくなる。危ない、と冷や汗をかいていると、ガイウスが愛しげな眼差しを向けてくるので、必死で気づかないフリをした。

（やめて……！　そんな目で見つめて……！　バレてしまったらどうするの……！）

ヒヤヒヤするルイーザだったが、父たちはそれどころではなかったらしい。

突然の襲撃者に焦ったように身構える。

「な、なんだ、お前は！　それに、貴殿はロレンツォ・アニャデッロ！　何故ここに！」

(え、ロレンツォ様!?)

父の声で、ガイウスの後ろにロレンツォが立っていることに、ようやく気がついた。ガイウスのことしか見えていなかった自分に、また呆れた気持ちになってしまう。

ロレンツォはアドリアーチェ風の洒落た貴族服を身に着けていて、こんな時でも実に彼らしい選択だ。

(で、でも、何故ロレンツォ様と、ガイウスが一緒に……!?)

ルイーザの中では、接点のまったくない二人だ。だが片やルイーザの元夫、片や未来の夫(になったかもしれない人)である。その二人が一緒にいる姿に、なんだか妙に落ち着かない気分にさせられてしまう。

彼らの背後には、シャリューレのものではない軍服を身に着けた兵士たちが控えていた。ガイウス、或いはロレンツォの配下の者たちだろう。兵士は皆厳つい者が多いが、彼らは見た目の厳つさに加え、なにか特有の凄みのようなものがあった。おそらく、ヴァレンティアとアドリアーチェの精鋭部隊なのだろう。

この少数部隊で、大胆にも大国シャリューレの皇城に襲撃をかけ、城を守る者たちを制圧してここまで辿り着いたのだ。

（い、命知らずにもほどがあるわ……！）

ガイウスが奇想天外で大胆不敵なことはなんとなくわかっていたが、ロレンツォまでそんなことをしでかす人間だったとは。

ガイウスは大きな歩幅であっという間に父の前まで歩み寄ると、高い目線から見下ろして不敵に笑った。

「お初にお目にかかります、舅殿《しゅうと》」

「――舅？」

思いがけない呼びかけに、父はポカンとした表情になる。宰相と将軍も同様だ。さもあらん。緊急事態に現れた見覚えのない男に、皇帝が舅呼ばわりをされたのである。意味がわからなくて当然だ。

だがルイーザは錯乱寸前だった。

（ガ、ガイウス!?　なにを言うつもり……!?）

もういっそ卒倒してしまいたいが、状況が摑めていない以上、下手に気を失うわけにもいかない。自分の知らない所で物事が動くのはもうたくさんである。

ガイウスは疑問符の浮かんだシャリューレの三人を見まわし、おやおやとでも言いたげに首を捻った。

「おや。あなたは我が妻、ルイーザの父君ではなかったかな？」

とうとう名指ししてきたガイウスの横っ面を引っ叩きたい気持ちになりながら、ルイーザは遠い目をした。これでもう彼が誘拐犯だと誤魔化すのは不可能になった。

「ルイーザの……？」

怪訝な面持ちで呟いた父帝がルイーザの方を見て、それからまたガイウスへの視線を戻す。父よりも早く気づいたのか、宰相がハッとした表情になり、慌てて父に耳打ちをした。

「ま、まさかお前は、ヴァレンティア公か!?」

ようやく辿り着いた答えに、ガイウスはニコリと儀礼的に微笑んだ。

「ご明察」

「き、貴様、なんのために我が国に襲撃を！　イルマニの反乱の時の恩を忘れたか！」

ルイーザとガイウスが『白い結婚』をするきっかけとなった事件を挙げて、父が罵声を上げた。するとガイウスがせせら笑いを浮かべて頷く。

「むろん、覚えておりますとも。そのおかげで、私は妻を奪われたのですから」

「う、奪われただと……!?」

ガイウスの言い草に、父が青筋を立てた。

「ルイーザは我が娘、このシャリューレ神聖国の皇女だ！　あれは元々『白い結婚』を前提にした条約だったのだ！　娘がお前の妻だったことなど一度もない！」

父の台詞に、今度はガイウスが青筋を立てる。それまで表面的ではあるが笑みを浮かべていた顔から、一切の表情を消した。銀色の目だけが炯々《けいけい》と光り、父を見据える様は不気味で恐ろしく、周囲が息を呑むほどだった。

「他の人間の都合も事情も知ったことか。ルイーザは私の妻だ」

まるでそれが神の啓示だと言わんばかりの、妙に威圧感のある態度だった。

父帝も宰相たちも気圧されたのか、一瞬口を噤んだものの、ガイウスの言っていることが屁理屈だとすぐに気づいて反論する。

「なんという口の利き方だ！」

「仮にも一国の公主が、なにをたわけたことを！」

「それに、貴殿にはもう妻がいるはずだろう！　兄君の妻を娶ったと聞いたぞ！」

口々に叫ばれる糾弾にも、ガイウスに堪えた様子は皆無だ。

「兄の妻とは結婚したわけではない。対外的にそう見せかけただけの、契約相手にすぎない。私が神の御前で愛を誓ったのは、後にも先にもルイーザただ一人だ」

飄々《ひょうひょう》とした口調で語られる内容に、ルイーザは目を白黒させる。知らなかった、そして知りたかった情報が怒濤のように開示されて、訳がわからなくなりそうだった。

だが、とルイーザは腹に力を込める。

（――だめよ、しっかりしなさい、ルイーザ。ガイウスの奇想天外さに呑まれていては、また流されるだけになってしまうわ）

喧々囂々《けんけんごうごう》とガイウスに嚙みつく父たちを横目に、ルイーザはつい、と一歩前に進み出ると、ガイウスをひたと睨み据えた。

「どういうことなのですか？　対外的に見せかけただけとは、どういう意味なのでしょう」

事と次第によっては、この男のきれいな顔に平手をお見舞いしてやらねばならない。そんな決意のこもった質問に、ガイウスはニコリと柔らかな笑みを見せた。

「言葉の通りだ。ヴァノッツァには『自分が結婚している』と欺《あざむ》かねばならない相手がいた。だから私は彼女の夫であるフリをしたまでだ。無論、その見返りは十分にいただいたが……」

「待ってちょうだい。今ヴァノッツァと言った？」

とんでもない名前が飛び出してきて、ルイーザは額に手をやった。眩暈がしそうだ。ついでに頭痛も。

「つまり、ヴァノッツァがあなたのお兄様の妻で、あなたの再婚相手ということ!?」

「再婚とは思っていないが、そういうことだ」

サラリと頷かれて、ルイーザは頭を抱える。

なんてことだ。つまり軟禁されていたあの屋敷で、ルイーザはガイウスの正妻と一緒に過ごしていたというわけである。

（過ごしていたどころではないわ。わたくしの身の回りの世話までさせてしまって……！）

ガイウスの兄の妻ということは、要するにヴァレンティア公子妃である。皇女である自分と変わりない立場の人に、風呂の支度や食事の支度など、身分の低いメイドのする仕事までさせたのかと思うと、卒倒しそうになった。

そのことに対する申し訳なさが込み上げてきたが、逆にヴァノッツァの正体を知ったことで、ガイウスの正妻への罪悪感と嫉妬はきれいさっぱり消えてしまった。

（……だって、ガイウスとヴァノッツァの間に、恋愛感情は一切ないと信じられるもの……）

二人を見て男女として惹かれ合っている様子は微塵も感じられなかった。それどころか、気の合わない様子がありありと見て取れて、嫌悪すらしているような感じだった。

（確かに、契約者という言葉がとてもしっくりくる……）

契約している以上、仕方なく行動を共にしていたのだろう。実際にヴァノッツァ自身もそう言っていた。

それに、ガイウスの言った内容は、ヴァノッツァが以前ルイーザに説明してくれた話とつじつまが合う。ヴァノッツァに暴力を振るったという亡くなった夫がガイウスの兄で、持参金代わりに塩田の利権を付与されたという内容にも、結婚相手が公子であれば納得のいく話だ。そしてその利権を取り戻し、娘を手駒として再利用しようとする父の手を逃れるために、ガイウスと再婚したと見せかけた――という所だろう。

「あなたが得た見返りというのは、ヴァノッツァの実家の塩田の利権ね？」

確認すると、ガイウスは満足そうに首肯した。

「さすが、私の妻は頭がいい」

まるで子どもを褒めるかのような言いように、少しムッとなったが顔には出さない。今はそんな些末なことに構っている場合ではない。

ガイウスの亡き兄の妻は、確かヴァレンティアの隣国マイアンスの高位貴族の娘だったはずだ。ヴァレンティアで塩が採れるという話は聞いたことがないから、塩田はマイアンスにあるものに違いない。隣国の塩田の利権があれば、莫大な金が入ってくるだろう。それはなんのための金かと考えて、ルイーザは先ほどの伝令の話を思い出す。

（――なるほど、そういうカラクリね……）

「あなた、塩田から湧いたお金で艦隊を組織したのね？」

目を眇めて指摘すると、ガイウスはニヤリと口の端を上げる。

ルイーザとガイウスの会話から、ヴァレンティアがポタヴィスを占拠したという話に信憑性が出てきたのだろう。父たちがいよいよ顔色を蒼白にし始めた。

大した産出物のない貧しい小国であったヴァレンティア公国が、たった十数年でここまでの艦隊を作り上げたのである。金と人と政治を掌握しなければ成せない偉業である。

（……この人は、それをやってのけたのね……）

こんなことを一体誰が予想できただろうか。

「まぁまぁ、ひとまずルイーザ様の件は置いておいて……私の方からも話をさせていただいても？」

軽快な口調で話の腰を折ったのは、ガイウスと共に現れたロレンツォだった。

ガイウスのあまりの存在感にうっかりしていたが、この人もいたのだった、とルイーザは慌ててそちらへ視線を移す。

「ロ、ロレンツォ・アニャデッロ！　貴様、よくもノコノコとここに現れたな！」

将軍もまたロレンツォの存在を忘れていたようで、慌てて威嚇の言葉を吐いていたが、取り繕った感が否めない。これが大国シャリューレ神聖国の将軍か、と少々残念な気持ちになってしまった。

「私がヴァレンティア公と共に現れたことで、想像がついた方もおられるかと思いますが……我々アドリアーチェ共和国は、ヴァレンティア公国と同盟を結ぶことにいたしましてね」

ニコニコと食えない笑みを浮かべて語るロレンツォは、まるで大きな商談を纏めようとしている商人のような面持ちだ。

（……そういえばアニャデッロ家は、元々銀行家だった）

古くからの貴族ではなく、銀行家として巨大な経済力を持った結果、数代前のアニャデッロ当主が爵位を金で買って息子に与えたのだ。その頃には既に、爵位がなくとも経済界のみならず、政界でも多大な影響力を手にしていたのだが、それでアドリアーチェの事実上の王となったわけだ。

ともあれ、元々商家出身のロレンツォだ。交渉事に巧みであっても実に納得のいく話である。

「そのような話は聞いておらぬが。そもそも貴殿の国は、我々シャリューレ神聖国と同盟を結んだのではなかったのか！」

「おやおや、これは異なことを。それは第一皇女ルイーザ様が私に嫁がれることが前提のお話です。……ところが嫁いでくるはずのルイーザ様は輿入れの道中で行方不明と言われ、更にはその責はアドリアーチェにあると難癖をつけられたのです。同盟は破棄されたものと考えて当然でしょう？」

「くっ……！」

ロレンツォに正論で論破され、父が悔しげに口を噤む。

（……ということは、最初に責任転嫁をしたのはシャリューレの方だったというわけね……）

ルイーザは心の中でため息を吐いた。

国と国との戦争の原因は、正当ではないことが、残念ながら多い。大抵の場合、他国を侵略するための言いがかりだ。

そうはわかっていても、それを自分の父が行っていたという事実を目の当たりにすると、やはり気持ちは重たくなるというものだ。

「我々としても難癖をつけられた上、シャリューレ軍が国境付近まで迫っているとの情報を受け、大変困惑しましてね。なにしろ、全く身に覚えのない罪で攻め入られようとしているのですから！　これは困ったと友人に相談したところ、彼も誤解を解くために協力してくれると請け負ってくれたのです！　早速一緒にこちらへまかり越した次第です」

まるで流れる水の如き流暢《りゅうちょう》な口調で説明され、父をはじめとするシャリューレの面々は口を開いたまま絶句していた。

ルイーザもまた呆気に取られていた。まるで喜劇の一場面を観ている気分だった。

ロレンツォは一旦口を噤むとルイーザの方を見て訝しげに首を捻る。

「ですが、こうして遥々やって来てみれば、ルイーザ様のお姿が……。つまり、ルイーザ様は行方不明どころか、最初から私に嫁がせるおつもりはなかったのですかな？」

「難癖をつけるための口実を作った……と考えることもできるな」

最後にはガイウスまでロレンツォの演技に合わせるように頷いていて、見ていたルイーザは腹立たしい気持ちでいっぱいだった。

（あなたが誘拐していたくせに、なにを言っているの！）

そう暴露してやれたらどんなにすっきりしただろう。だが悲しいかな、ルイーザは愛する男性を窮地に陥らせることなどできない。どう考えてもガイウスの方が悪いとしても、彼が殺されてしまうかもしれないようなことは、できるはずがないのである。

更に言えば、ルイーザはガイウスが何故皇女誘拐などしでかしたのか、そしてポタヴィス襲撃はなんのためなのかを知りたかった。

（……あなたはなにをしようとしているの？）

こうして二人で登場したことで、ガイウスとロレンツォが共謀していたのは明らかだ。もしかしたら、ロレンツォとルイーザの政略結婚ですら、仕組まれていたことだったのかもしれない。

「ち、違う！　娘は懸命に捜索した結果見つけ出し、今まさにここへ到着したところだったのだ！」

慌てて否定する皇帝に、ロレンツォは胡乱《うろん》な眼差しを向けたものの、「まあ、いいでしょう」と肩を竦めた後、演技がかった口調と身振りでガイウスを指すと、朗《ほが》らかな声で言い放った。

「ああ、紹介が遅れました。我が心の友、ヴァレンティア公国公主、ガイウス・ジュリアス・チェザレ・カタネイ殿です！」

執務室に沈黙が下りた。実に奇妙な雰囲気だ。

にこやかなロレンツォ、無表情のガイウス、蒼褪めながら二の句を継げない父帝ら——それも当然だろう。紹介されなくとも、先ほどガイウス自身が自己紹介をしていたのだから。

ロレンツォは白けた雰囲気の父帝たちを眺めると、「ふむ」と一つ頷いた。

「皆さん、どうやらまだ理解できておられないご様子。では噛み砕いて申し上げましょう」

そう前置きして、コホンと咳払いをすると、それまで道化のように朗らかだった表情を一変させた。眼光鋭い、施政者の顔だった。

「——ヴァレンティアに国を乗っ取られたくなくば、我が国への半永久的不可侵を誓え」

「な、なにを——！」

命令口調に、さすがに腹を立てたのか、父帝が眦《まなじり》を吊り上げる。だがロレンツォに一睨みされると、次の言葉を呑み込んでしまった。

「ヴァレンティアの軍事力の強大さをまだ理解できぬか？　この城を十数名の小数部隊でものの一時間で制圧したのだぞ。我々がここに辿り着いたこと自体、驚異的なことだと貴殿らもわかっているはずだ。最先端の技術で造り上げられたのは軍艦だけではない。ヴァレンティア公はこの十数年の間に、武器の改良にも心血を注いでこられた。一振りすれば周囲三メートルの敵を駆逐できるほどの投擲《とうてき》武器や、遠方から正確に敵を射殺せる飛び道具、甲冑を紙のように貫いてしまう槍など、貴殿らの時代遅れの軍備では到底太刀打ちできぬものばかりだ。その愚鈍なおつむに現実をわからせるには、ポタヴィスだけではまだ足りぬか」

低く唸るように突きつけられた脅迫に、父帝の額に脂汗が浮いた。

確かに、とルイーザも思う。あまりに思いがけない登場で異常性が薄く感じられていたが、ロレンツォの言う通り、これは尋常ではない事態だ。それくらい、ヴァレンティア公国の作り上げた軍事力と技術は凄まじいのである。

怯む父帝に、ロレンツォは一歩足を踏み出して追い打ちをかける。

「我々もいい加減、共和制だからという理由で、貴殿らやエランディアの連中に目の敵にされることに飽きてきた。ちょっとした状況の変化で瞬く間に翻される同盟など、犬の餌にもならん。我々が欲しいのは、覆されない条約だ。——さあ、選びたまえ、シャリューレ神聖国皇帝マティアス。滅亡か、条約か」

二者択一を迫られて、父は頼りなく首を横に振る。

「そ、そのようなことを、この場では決められぬ……」

「おや。何故だ？　貴殿はこの帝国の皇帝ではないのか？　共和制を取る我が国とは違い、皇帝であるそなたには政を決定する権利があるはずだろう」

「それは建前だ！　我が国とて一枚岩ではな――」

　必死で訴えかける父帝に、反応したのはガイウスだった。

　クッと喉の奥で皮肉っぽく笑うと、傲然と顔を上げてシャリューレの皇帝らを睥睨《へいげい》する。

「建前、な。貴殿らの好きな手法だ。建前、建前、建前――そんな御託ばかり並べたてることで国を動かしているつもりでいるから、貴国は百年前のままなのだ。時は流れ、世界は常に変化していく。それに目を瞑り続けるのなら、古ぼけた建前とやらを抱いて滅ぶがいい」

　それは絶対者の宣言だった。

　この場にいる三国の中で、事を決定する力があるのは、ヴァレンティア――ガイウスであるのは明白だ。彼の一言でシャリューレは滅ぶし、或いは滅亡を免れる。

　父帝にもそれがわかったらしい。

「ま、待ってくれ！」

　焦ったように叫んで、一度奥歯を噛み締めるような素振《そぶ》りをした後、絞り出すような声で言った。

「――要求を飲もう」

　事実上の敗北宣言に、将軍と宰相から非難の声が飛んだ。

だが父帝は片手を上げることでそれを制すると、腹心の臣下たちを静かな目で見つめる。

「彼らは、今我々を殺すこともできる。それをしない理由は、彼らが我が国を亡ぼすつもりはないということだ。私はこの国を守りたい」

皇城は既にガイウスたちに制圧されている。シャリューレ神聖国を侵略する目的ならば、ここで皇帝を殺せばいいはずだ。

皇帝の言葉に、将軍がグッと両手を握り締め涙ぐんだ。だが宰相の方は、怪訝そうな眼差しをロレンツォに向け、次にガイウスへと向けた。

「僭越ながら……元首様の目的が、アドリアーチェへの半永久的不可侵であることはわかりましたが、ヴァレンティア公主様の目的がわかりません」

それはルイーザの抱く疑問とまったく同じものだった。

父も同様だったようで、ガイウスに向き直ると、おそるおそるといったように口を開く。

「ヴァレンティア公、貴殿の目的は一体なんなのだ？」

するとガイウスは、その鋭い灰色の瞳をスイッとルイーザの方へ向け、にっこりと艶やかに微笑んだ。その微笑は、子どもだった頃のガイウスを彷彿とさせて、こんな事態だというのにルイーザの胸がきゅうっと締め付けられる。

リラの花の香りが鼻腔を擽った気がする。

脳裏に蘇るのは、下から見上げる少年の顔だ。リラの木の下で、泣きじゃくる自分を膝にのせてあやしてくれた、ルイーザの愛する夫の笑顔。

「我が妻、ルイーザをお返しいただきたい。私が望むのは、それだけだ」

ガイウスの声に、叫び出したくなった。

その衝動をぐっと抑え、ルイーザは目の前の男性を見つめた。

自分よりもずっと高い場所にある顔は相変わらず精悍で美しく、軍服を身に纏う姿はまさに軍神そのものだ。逞しく、身体のどの部分をとっても直線的で、男性的。子どもの頃の丸みを帯びた少年とはずいぶん変わってしまった。

変わらない方がおかしい。

(この人は、どれほどの苦難を乗り越えてきたのだろう)

ルイーザを誘拐した理由。そしてこの大陸で最強の艦隊を組織し、大国シャリューレ神聖国へ襲撃をかけてまで果たしたい、その目的とはなんなのか。

ずっと知りたいと思ってきた。だが――……。

『本当におわかりになっていないのですか?』

以前、ヴァノッツァに訊かれたことを思い出した。

ルイーザは目を閉じる。

(……わたくしは、わかっていたのかもしれない)

ガイウスがなにを願っているのか。なにを欲しているのか。

それは同時に、これまでルイーザ自身がなにを願い、なにを欲して生きてきたのかを考えることでもあった。

ルイーザはこれまでの人生を、ガイウスのもとへ帰ることだけを願って生きてきた。

ガイウスは自分の夫で、たとえ離れ離れになっても、魂は繋がっているのだと信じてきた。

（きっと、ガイウスも同じだったのだわ）

ルイーザは自分の妻で、ルイーザを取り戻すことだけを願い、行動し続けてくれたのだ。

大陸で最も強大な国の一つであるシャリューレ神聖国に牙を剝くことになるとしても、彼は諦めなかった。シャリューレに勝てる国力も軍事力も持たない小国ヴァレンティアを、これほどまでの国に押し上げた。

――すべては、ルイーザを手に入れるために。

ガイウスのすべてをぶつけられているのがわかった。

胸が熱い。愛する人からこれほどまでに求められて、嬉しくない者がいるだろうか。

閉じた瞼から涙が溢れ出し、ルイーザは静かに指でそれを拭う。

ガイウスの短い返答に、父があんぐりと口を開いた。

「……本当に、それだけか……？　領土や、それこそ不可侵の約束などが欲しいのではないのか？」

父が疑うようにして訊ねるが、ガイウスは静かに首を振るばかりだ。

「そんな……そんな些細な理由で」

信じられない、とでも言いたげに呟く皇帝に、ガイウスは不愉快そうに眉根を寄せた。

「妻を取り返すことが些細な理由だと？」

「……あくまで、ルイーザが妻だと言い張るのか」

「事実ですから」

サラリと答えるガイウスに、父が大きく眉を上げて、呻き声に近い声を出す。

「……そなた、本当にルイーザを取り返すためだけに、これほどのことをやってのけたのか……？」

「そうでもしなければ、あなたは私に娘を返さなかったでしょう？」

「……それは、そうかもしれないが……」

父にとって、ヴァレンティアは重要な国とは言い難かった。血の繋がった娘を使った政略結婚ならば、ヴァレンティアを選ぶ理由はない。

（……でも、今はもう違う）

ヴァレンティア公国はこの大陸一の軍事力を持つ国となった。その強国との縁談を、父が拒む理由はない。

父にもそれがわかったのだろう。やがて諦めたようなため息と共に笑みを吐き出す。

「……そうか。それならば、仕方ない」

「……お父様」

ルイーザは思わず呼びかけた。父になにを言うつもりだったのか、自分でもわからない。だが声をかけずにいられなかった。

父はルイーザの方をちらりと見て、フッと目を細める。その目尻に細かな皺が刻まれて、それがひどく切なかった。

「我が娘も、そなたを待ち続けてすっかり行き遅れだ。……どうか、幸せにしてやってくれ」

父の言葉の最後は震えていた。

そこに皇帝ではなく、父親としての愛情を感じて、ルイーザの目がまた潤んだ。

涙の滲んだ眦を拭おうとした手は、伸びてきた大きな手に遮られる。

「擦っては赤くなる」

小さく囁いて、どこからか出してきたハンカチでそっと目元を拭ってくれたのは、ガイウスだった。

「ようやく、約束を守れた」

万感のこもった呟きに、拭ったはずの目からまた涙が溢れ出す。

『離れても、永遠に、君は僕の妻だ。必ず迎えに行く』

ルイーザがずっと心の支えにしてきた、あの日の約束を、ちゃんと守ってくれた。

そう思うだけで、声を上げて泣き出したいくらい、嬉しかった。

「……もう、忘れてしまったのかと思っていたわ」

涙の絡んだ声でそう訴えると、ガイウスはルイーザの泣き顔をうっとりとした顔で見つめる。

「忘れるわけがないだろう。君を取り戻すためだけに、私は生きてきたのに」

情熱的な口説き文句に、ルイーザはフッと噴き出した。

少年だった頃のガイウスは、まだひょろっと線の細い体格だった。それが、こんな芝居のような台詞が様《さま》になるような美丈夫になるなんて。

昔の彼と比較して出た笑みを、ガイウスは勘違いしたようで、おや、と心外そうな表情をする。

「信じられないか？」

問われ、ルイーザはもう一度噴き出して、首を小さく振る。

多分軟禁されていた時にその台詞を聞いても、口先だけの甘言か冗談だと思っただろう。

だがガイウスが成し遂げたことを知った今は、信じることができた。

「いいえ。信じます」

ルイーザの言葉に、ガイウスが喜色を見せる。だがその『当たり前だ』と言わんばかりのご満悦な笑みに、ふつふつとした怒りが胸の中で膨らんでいく。

ルイーザは殊更ニッコリと微笑んだ。

（――だからといって、すべてを許したわけではないのよ！　ガイウス！）

スゥ、と大きく息を吸い込むと、きっぱりとした口調で宣言する。

「ですが、あなたはわたくしの夫ではありません。わたくしは未婚ですし、わたくしの夫となるのは、そちらのロレンツォ様ですわ」

ガイウスの美しい笑顔が凍り付いた。

その背後で「ブハッ」と噴き出す声がしたので目を遣れば、ロレンツォが横を向き袖で口元を覆っている。思わず笑ってしまったことを隠しているつもりなのだろうが、バレバレである。

シャリューレ側に至っては、全員蒼褪めて絶句している。

無理もない。皇帝が許可を出した話を、相手国の公主の面前で皇女が覆したのだから。

通常であれば間違いなく国際問題に発展してしまう。

そもそもルイーザとて、ここで自分が嫌だと言ったからといって、白紙に戻るような話ではないことは百も承知だ。

だが、それでも目の前のこの男に一泡吹かせてやらなければ気が済まなかった。

――そう。ルイーザは怒っていた。

まず言いたいのは、一体どれほどの人を……国を巻き込んでくれたのかということだ。

（こんなやり方をしなくても、他にやりようがあったのでは……？）

圧倒的な軍事力でもって黙らせるやり方は、最速で結果を得られるが、シャリューレに禍根を残すものだったと言えるだろう。皇女として、自分の幸福が祖国を襲撃されたという悲劇の上に成り立つのだと思うと、手放しで喜べない。

それに、ガイウスが自分を取り戻すために、十数年をかけてこれほどのことを計画し実行してくれたことに喜びがある反面、自分に事の詳細を教えてくれていなかったことは、どう考えてもおかしい。

（知っていたら……あなたがわたくし以外の人の夫になってしまったことを悲しんだり、罪悪感に苛まれる必要もなかったのに……！）

どれほど苦しんだと思っているのか。

ルイーザの人生のほとんどは、ガイウスで構成されていたと言っても過言ではない。彼の傍に戻ることだけを望んで、ひたすら待ち続けてきた。ただ待つこと――それがルイーザに許された唯一のことだったからだ。皇女であるルイーザには自由などない。ガイウスに会いに行くことも許されなければ、手紙を書くことすら父は許さなかった。鉄鉱山の利権を奪ってしまえば、シャリューレにとってヴァレンティアとの婚姻は皇女を差し出すほどの価値があるものではなくなったからだ。

ガイウスがルイーザを取り戻すために成し遂げてくれた数々の偉業を、嬉しいとも思う。誇らしいとも思う。

だが同時に、待つことだけしかできなかった自分も、孤独の中を耐え切ったのだという想いがあった。

この十数年、ルイーザは孤独だった。

周囲の誰にも理解してもらえない恋を抱え、それを正しいと信じ続けたのだから。

誰もがルイーザの最初の結婚をなかったことのように過ごす中で、自分一人が「あれは本当にあったことなのだ」と思い続けることは、子どもにはとても辛かった。

時の流れは残酷だ。どれほど大切にしていても、記憶はすり減り、霞がかっていく。時が経つにつれ、ガイウスが誓ってくれた約束の言葉ですら、自分の願望にすぎないのではと疑うこともあった。

——もしかしたら、すべては自分の想像だったのでは。

——ガイウスの存在自体、夢だったのかもしれない。

自分自身を疑い、頭がおかしくなりそうになりながらも、それでも信じ続けることができたのは、ホフレの存在も大きかった。あの賢い犬がいてくれたから、そしてホフレが持ってきてくれるガイウスからの手紙があったから、ルイーザはヴァレンティアでの思い出が妄想ではないのだと信じられた。

自分とホフレだけの世界に引きこもることで、ルイーザは心の平穏を確保し、ガイウスを待つことができていたのだ。

（――それなのに……わたくしが必死で保ち続けた心の平穏を、あなたの再婚話が壊したのよ！）

何故、一言だけでも言ってくれなかったのか。

ガイウスはどうやってか、ホフレを介して手紙を寄越してきていたのだから、自分の再婚話は嘘なのだと伝えることだってできたはずだ。

そうすれば、ルイーザはガイウスに裏切られたと絶望することはなかった。

彼の傍に別の女性が立つことを想像し、気が狂いそうなほどの嫉妬心に苛まれることだってなかったのだ。

（それに……他の誰かの夫となったガイウスに、触れられることが辛かった……！）

自分に触れる指が愛しければ愛しいほど、これが自分のものではないのだという悲しみと切なさが募った。

（それもこれもあれも、全部感じなくていい悲しみだったということではないの！）

すべてをガイウスが決めて、動いて、ルイーザはそれに振り回されたというわけだ。

ふざけないで、と言いたかった。どうしようもなく腹が立った。

何故、どうして――自分だけ、なにもさせてくれなかったのか。

とだ。


（そうよ……わたくしが本当に怒っているのは……）

自分の孤独や悲しみや苦しみや絶望なんて、本当はどうだっていい。ルイーザが一番腹を立てているのは――いや、一番悲しんでいるのは、ガイウスに頼ってもらえなかったことだ。


すべてガイウスが決め、ガイウスが行動し、ガイウスが成し遂げてしまった。

自分は何一つしていない。それが、悲しく、情けなかった。

計画をどうして教えてくれなかったのか――それだって、理由は大方ルイーザのためだ。計画が失敗する可能性はきっと低くはなかったはずだ。ロレンツォが裏切ってシャリューレに寝返ればあっという間に形勢逆転だ。そうなった時のことを考えて、ガイウスはルイーザに計画を漏らさなかったのだろう。ルイーザがなにも知らなければ、ただ巻き込まれ誘拐された可哀想なお姫様のままでいられるからだ。

ガイウスは、なにがあろうとルイーザを安全な位置に置いておくつもりだったのだ。

（……でも、それでも……わたくしは、ただ守られているだけではなく、あなたと一緒に戦いたかった……）

計画を知っていたからといって、ルイーザにできることなどほとんどなかったかもしれない。それでも自分とガイウスとの未来のために、なにかできる自分でいたかった。

そうでなければ、ガイウスの隣に立つ資格がないと思ってしまったのだ。

子どものような駄々を捏ねているのだと自分でもわかっている。

これでは自分への不甲斐なさを、ガイウスへ向けているだけだ。

わかっているけれど、ガイウスの『すべては自分の掌の上』と言わんばかりのご満悦な表情を見ていると、どうにも我慢ができなくなってしまったのだ。

頭の中で御託をいろいろと並べたてたが、要するにルイーザは、今まで散々振り回された意趣返しがしたいのである。

ガイウスもそれがわかっているのか、真顔でルイーザを見つめたまま沈黙している。

両者睨み合って引かない状況を打破したのは、ルイーザでもガイウスでもなく、ロレンツォだった。

ガイウスとルイーザの間にスッと一歩割って入ると、ルイーザの手を取ってその甲に唇を落とす。紳士的なロレンツォらしくフリだけで、実際に唇は触れていない。だがルイーザの手を取るという行為だけで気に障ったらしく、ガイウスのこめかみに青筋が立った。

「では、私の花嫁になってくださるということで構わないのですか、ルイーザ様」

低い美声でそう訊ねてくるロレンツォは、完全に面白がっている顔だった。

彼は上品で常識的な人物だという印象が強かったので、人の色恋沙汰をおもちゃにするような真似をするなんて、とルイーザは内心驚いてしまう。

（これは……乗っかってしまって良いのかしら……？）

ルイーザはロレンツォをよく知らない。ガイウスに対しては強気な態度で出られても、なにを考えているか読めないロレンツォ相手では、判断しづらいものがある。

手を取られたまま返答に窮《きゅう》していると、先にガイウスの方が限界に達した。

「貴様……ッ！」

歯を食いしばったまま唸り声を上げたかと思うと、ロレンツォの胸倉を掴み上げる。

「その手を放せ！」

「だ、駄目よ、ガイウス！」

ルイーザは慌ててガイウスの腕にしがみついた。このまま放っておけば殴りかかってもおかしくない。さすがに他国の元首に殴りかかっていいわけがない。まして、今しがたシャリューレ神聖国を相手に共闘したと宣言した同盟国が、シャリューレの面前で仲間割れをするなど、一体どんな茶番だという話だ。

焦るルイーザに、ガイウスは鋭い眼差しを向けてきた。

「他の男を庇うのか！」

「……なんですって？」

「君は私の妻だ！」

「まあ……！」

ルイーザは呆れてしまった。これが本当に小国を強力な軍事国家へと変貌させた、知略に長けた公主なのだろうか。

(ロレンツォ様の顔を見れば、明らかにからかっているだけってわかるでしょうに!)

もとはと言えば、自分がガイウスに一泡吹かせてやりたいと思ったせいなのだが、それにしてもこれほど余裕がなくて、よくロレンツォのような老獪な人間とやり合えたものだ。

あんぐりと口を開けて見つめていると、ガイウスは痺れを切らしたのか、ルイーザの腰を両手で摑み、ヒョイと抱え上げた。

「きゃあっ!」

いきなり視界が上下して、ルイーザは眩暈を起こして悲鳴を上げる。

余程苛立っているのか、横抱きではなく荷物のように肩に担ぎ上げられてしまったようだ。腹にガイウスの肩がめり込んで息苦しい。その上ガイウスが歩き出したものだから、その振動が身体に響いて更に苦しくなった。

「う……!」

思わず顔を顰めて呻き声を上げると、ガイウスの腕を摑んで引き留める者があった。ロレンツォだ。

「おいおい、私の花嫁をどこに連れて行こうというのだ?」

からかうような口調で言って、ガイウスの肩からルイーザを降ろそうとする。

当然それに従うガイウスではない。スッと身体を引くと、ロレンツォを睨み据えた。

「私の妻に触れるな」

「それほど大事な人が苦しがっているのがわからないのか？　降ろして差し上げろ」

ロレンツォの指摘に、ガイウスはギリと歯軋りをしたものの、ルイーザが先ほど上げた呻き声は聞こえていたのか、スッと身を屈めて床に下ろしてくれた。

ルイーザはホッと息を吐いて深呼吸をする。

ロレンツォに感謝の言葉を述べようとして、仰天した。

ガイウスが剣を抜こうとしているのが見えたからだ。

「ガ、ガイウスッ！　だめっ！」

背後に隠されているような立ち位置なので、大きな背中に遮られて見えないが、どう考えてもガイウスが剣を向けようとしているのはロレンツォである。

「やめて！　アドリアーチェとも戦争をするつもりなの!?」

血相を変えてガイウスの背中に抱き着けば、ガイウスはクルリとこちらを振り返った。

「やめてほしければ、私の妻だと認めるんだ」

「な……!?」

結局そこに行きつくのか！

ルイーザは顔が真っ赤になっていくのがわかった。

（こ、この人は本当になにを考えているの！　たかがわたくし一人のためにっ……！）

大国シャリューレ神聖国に戦争をしかけただけでなく、こんなくだらないやり取りでアドリアーチェまで敵に回そうとするなんて。

「あなた、頭がおかしいわ！」

思わずひどい暴言が口をついて出てしまったが、ガイウスは片方の眉をヒョイと上げてみせるだけだった。

「今更か？」

二人のやり取りに、堪りかねたようにロレンツォが噴き出した。

「ははははは！　本当に、君たちはお似合いだな！」

その台詞に、彼にはルイーザを奪うつもりはないと判断したのか、ガイウスがスッと手にしていた剣を鞘に収める。

それを横目で確認しながら、ルイーザはロレンツォに向き直った。

「ロレンツォ様」

この海千山千の共和国の元首が、どこからガイウスの謀《はかりごと》に加担していたのかはわからない。

（もしかしたら、わたくしと婚姻したことすら、ガイウスの策略の一部だったのかもしれないけれど……）

それでも、一度は結婚を受け入れた男性だ。共に生きていこうと思っていたのに、それを裏切る形になったのだから、謝っておくべきだ。

「娶っていただくはずでしたのに……申し訳ございません。わたくしには、他に愛する男性がおります。ですから、あなたに嫁ぐことはできません。婚約は破棄させていただきたいのです」

ルイーザの言葉が意外だったのか、ロレンツォは目を丸くした。

だがすぐにニッと食えない笑みを浮かべる。

「あいわかりました。婚約破棄、承りましょう。人は愛する者に添うのが一番ですからな。私も亡くなった妻とは、恋愛結婚だったのですよ」

意外な話にルイーザも目を丸くする。

アドリアーチェの元首となった人が、政略ではない結婚をしていたとは。

余程驚いた顔をしてしまったのか、ルイーザの表情を見てロレンツォが苦笑を零した。

「お二人とも、そのお気持ちを大切にされるがよい。恋とは存外貴重なものだ。国という重いものを背負えば、賢く、老獪になっていかねばならないのは自明の理。皮肉なもので、老獪になればなるほど、恋や愛は遠ざかる」

遠い目をして語るロレンツォは、亡き妻のことを思い出しているのだろうか。

言葉から察するに、ルイーザとの結婚にも、恋や愛といった感情を求めるつもりはなかったに違いない。きっと彼にとって恋も愛も亡き妻とのものなのだろう。

ロレンツォは遠くを見ていた視線をスッとガイウスへ向けると、肩を竦めて笑った。

「……ヴァレンティア公のように、恋を成就させるために老獪を極めた男を、私は他に知らない」

そう言われてしまえば、ルイーザにはぐうの音も出ない。

（すべての元凶はお前だと言われているような……）

きっと気のせいではないのだろう。だが、それすらも誇らしい気持ちだと言ったら、呆れられるだろうか。

ちらりとガイウスを盗み見れば、美貌の狂人は「それがどうした」といった表情でフンと鼻を鳴らしていた。いかにもガイウスらしい。

「まあ、とはいえ、若い男に飽きた時は、どうぞアドリアーチェへお越しを。このロレンツォ・アニャデッロが喜んでお迎えいたしますよ」

ロレンツォが最後に茶目っ気のあるからかいを口にすると、ガイウスがまた気色ばんだ。忌々しげに舌打ちをして言い放つ。

「ルイーザが私以外の所に行くことはない。そんな所があれば、その前に私が国ごと滅ぼしてやるからな」

至極当然とばかりに悪魔のごとき台詞を吐き出すガイウスに、ルイーザは今度こそ本当に眩暈がした。

「なんてことを言うの……！」

さすがにこれは、とルイーザはガイウスの頬を右手で打つ。ペチリ、と小さな音がした。

ガイウスが目を見開いて見下ろしてくる。

「わたくし、怒っているのですよ！」

「……ルイーザ？」

キョトンとした顔で、ガイウスが首を傾げる。何故自分が打たれたのかわかっていない様子だ。ルイーザはやれやれとため息をついて言った。

「あなたがわたくしのために成し遂げてくれたすべてを、誇らしく思います。……けれど、それをわたくしに教えてくれなかったのはどうしてなのかしら」

眉根を寄せて訊ねると、ガイウスは不思議そうな目をしてルイーザの顔を覗き込んでくる。訊かれていることの意味がわからないのだろう。

「……どうして、とは？」

「知っていたら、わたくしにだってなにかできたかもしれないわ。二人で生きていく未来を摑み取るために、なにかを背負えたはずよ」

一緒に考えて協力すれば、或いは、父を説得できたかもしれない――そう言いかけて、ルイーザは自分を嘲笑う。

（……いいえ。お父様はわたくしの説得で動くような人ではない。たられぱの話など、無

意味だわ）

それがわかっていても、ガイウスの行動の理由を、意味を、知っておきたかった。ただ愛する人が自分のためにすべてを懸けてくれていることを知らずにいたことが、無念でならないだけだ。

ルイーザの切実な想いを表情からくみ取ったのか、ガイウスが小さな声で答えた。

「……君にはなにも背負わせるつもりはなかった」

予想通りの答えが返ってきて、ルイーザは苦笑を漏らす。

やはりガイウスは、自分が失敗した時にルイーザを巻き込まないためになにも知らせなかったのだ。

「……どうして？」

「君を守りたいから」

ガイウスの答えは悉《ことごと》く想像通りだ。彼はいつだって、ルイーザのために動く。ルイーザを得るために。ルイーザを守るために。

わかっていたけれど、やはり涙が込み上げてくる。

ルイーザがガイウスを得たいと思っていることも、守りたいと思っていることも、きっと想像だにしていないのだろう。

「……ねえ、ガイウス。わたくしも、あなたと同じ気持ちだとは思わなかった？」

ルイーザの言葉に、ガイウスが虚を衝かれたような表情になった。

「どうしてそんな驚いた顔をするの？　わたくしはあなたを愛しているわ。あなたがわたくしを愛しているのと同様に。だからわたくしがあなたと同じように、あなたを守りたいと思っていてもおかしいことではないでしょう？」

ルイーザの持論に、ガイウスは困ったように顔を顰める。

「……だが、私があなたを守りたいんだ」

先ほどと同じことを繰り返すガイウスにとっては、それだけが答えなのだろう。ガイウスにとって、ルイーザは守るべき存在なのだ。

それが嬉しくないわけではない。それどころか、胸が熱くなるほど嬉しい。当たり前だ。ルイーザにとって、還《かえ》るべき場所はガイウスだ。彼の腕の中ほど安心できる場所はない。そんな安寧の場所である存在に、守りたいと思ってもらえることが、どれほど稀有《けう》で幸福なことかを、ルイーザはもう知っている。

（……けれど、それだけではいけないのよ）

庇護されるだけの存在ならば、妻とは言えない。それでは子どもと同じだ。

ルイーザはガイウスと対等な立場でありたかった。完全に同じ立場に立つことはあり得ないけれど、同じものを見ることができる場所にいたい。一人で見ていては一つのことしか見えなくても、二人で見れば二つのことが見えるはずだ。

それを、ああでもない、こうでもないと言い合いながら、二人で乗り越えていく——そんな未来をルイーザは欲しているのだ。

「そうやって守ってもらうだけでは、わたくしが嫌なの。わたくしは対等な立場であなたの隣に立ちたいのよ。わたくしにとって、それがあなたの妻であるということなの」

ガイウスはルイーザの言葉をじっと聞いていた。灰色の瞳で食い入るように見つめられて、なんだかドギマギとしてしまったが、ルイーザは居心地の悪さをグッと堪えた。

話を聞くガイウスの姿勢には、彼女の言葉の一つ一つを嚙み砕いて呑み込もうとするような必死さがあったからだ。

（ガイウスは、わたくしを理解しようとしてくれている……）

それが堪らなく嬉しかった。

意見が違うのは仕方ない。愛し合う夫婦であっても、しょせんは他人なのだから。だがだからこそ、互いを理解し合おうとする努力は必須なはずだ。

ガイウスは目を伏せ、しばらく考えこむように黙りこんだ。それからもう一度ルイーザと目を合わせると、こくりと一つ頷いて言った。

「わかった。今後は、君を差し置いてなにかを決めるということはしないと誓う」

アッサリと許可を出され、今度はルイーザの方がまじまじと彼の顔を覗き込む。

「え……そんなに簡単に……？」

拍子抜けしてしまっていると、ガイウスは小さく眉間に皺を寄せた。

「簡単ではない。君になにも背負わせたくないという私の願望は変わらない。だが私にとって君の夫であるということは、君が私の傍で生きてくれるということだ。だからそれ以外ならば譲歩するべきだと考えただけだ」

そう説明するガイウスの顔には『不本意』という文字が見えるようだ。

ガイウスが望んでいることがなにか、多分ルイーザはわかっている。ガイウスはルイーザを生まれたての雛のように扱いたいのだ。常に目の届く場所に置き、ルイーザを害するあらゆるものから守りたいのだろう。

（……あの、軟禁されていた時のように）

あれはガイウスの理想を具現化した空間だったのだ。誰にも邪魔をされず、二人だけの世界で愛し合う――願望だけを濃縮したような世界は、けれど間違いなく歪んでいる。

（でも、わたくしも同じ……）

二人だけのあの世界で、ルイーザは理性では「逃げなくては」と思うくせに、ガイウスと抱き合ってしまえば、その多幸感に抗えず彼を受け入れてしまっていた。言い換えればそれは、本能ではあの二人だけの世界を悦んでいたということだ。

同じ穴の狢《むじな》だ。

（わたくしたちは、長く引き離されすぎた）

愛しい者に会えない欲求が凝り、愛情が執着と狂気を孕んでしまったのだろう。

（でも、それではいけないの）

一国の公主であるガイウスがそんな世界でずっと生きていけるわけがないし、ルイーザにしてみてもまた同じだ。公主は民を担う者。多くの権利をその手にする代わりに、国民の命と生活を守る義務がある。愛する者だけを選択し、他を排除する公主など、その先には破滅しかない。

ルイーザが求めているのは、ガイウスとの幸福な未来であって、破滅ではないのだ。

（だから、わたくしがあなたを導いてあげる）

愛に狂って堕ちる破滅ではなく、狂気を孕んだまま愛し合う幸福へと。

ガイウスの奔流《ほんりゅう》のような愛情に溺れることなく、その流れを制御してみせる。

（……それが、わたくしがあなたを守る方法だわ）

自分の道が定まったように思えて、ルイーザはガイウスを見つめて微笑んだ。

「ありがとう、ガイウス」

その微笑みに、ガイウスは一瞬気を取られたように呆けた表情を見せる。

ルイーザは微笑んだまま、ガイウスの頰に手を伸ばし、そっと触れた。

（愛しい、愛しい、わたくしの夫）

「愛しているわ、わたくしのガイウス。あなたがわたくしを尊重してくださるのなら、妻になって差し上げても良くってよ」

誘惑するように、甘い声で優しく囁いた。

(今度こそ、わたくしが幸せにしてあげるわ)

心の中で誓いながら、ルイーザは夫の答えを待った。

ガイウスが一度パチリと瞬いて、それからふわりと微笑む。

ルイーザの掌に頬を擦りつけるようにして目を閉じると、子どもの時と同じように誓ってくれたのだった。

「我が最愛の妻に、僕の愛と忠誠と献身を」

終章　船上で笑う

目が痛くなるほど真っ青な空と、白い陽光を跳ね返す青緑の水面――その美しく鮮やかな色合いの光景に、黒々とした影を落としているのは、港に停泊する大きな帆船である。巨大な船体にある金と緋の縦縞に蔦の葉が描かれた紋章は、ヴァレンティア公国の国章だ。

一月前にヴァレンティア海軍からの襲撃を受けたポタヴィスの港は、あちこちに破壊された建物の残骸が未だ残ったままだったが、人々の表情は明るく活気づいていた。

なにしろ、今日はこのシャリューレ神聖国の第一皇女が、ヴァレンティア公国へ嫁ぐめでたい日なのである。

とはいえ、政略結婚である。今回の襲撃を受け、ヴァレンティア公国の強大な軍事力の前に、シャリューレ神聖国が膝を折る形で和平条約を結ぶことになったのだが、第一皇女はその証としてヴァレンティア公主に嫁ぐ。

敵国に嫁ぐのだから、第一皇女はさぞや悲壮感に溢れていることだろうと想像していた民は、ヴァレンティア公と並ぶ皇女の姿を見て驚いた。

彼女が実に幸せそうだったからだ。その表情は柔らかく、天使のような微笑みを浮かべていた。第一皇女ルイーザは元々美しいことで有名ではあったのだが、ヴァレンティア公へ向ける表情は、一際麗しかった。その様子は薄紅色の芍薬《しゃくやく》が花開く瞬間によく似て、匂い立つような色香が溢れ出しており、彼女がヴァレンティア公に恋をしているのが明らかだった。

そしてヴァレンティア公もまた、皇女へ向ける眼差しが非常に甘ったるいものだった。ヴァレンティア公は美丈夫であったが、お面のような無表情でいることが多い。シャリューレの民にとっては、侵略者――ポタヴィスを一気に攻め落とした恐ろしい人物だ。だがその悪印象は、皇女へ向ける甘く穏やかな表情で一気に覆《くつがえ》ってしまった。

見ている方が恥ずかしくなるほど、ヴァレンティア公とルイーザ皇女は熱烈に愛し合っていたのだ。

民はそこで、ルイーザ皇女が十数年前に仮初《かりそめ》の結婚をしたことを思い出す。人質のように他国へ送り出される幼い皇女に同情したものだったが、そういえばあれもヴァレンティア公国ではなかったか。

ではヴァレンティア公と皇女は、仮初とはいえ、元夫婦ということだ。冷酷な侵略者は幼い頃に愛した皇女と再会し、彼女への愛情からシャリューレ神聖国への侵攻の手を止めたのではないか。

この想像に、『物語』に飢えた大衆が飛びつかないわけがない。大衆はいつだって心が沸き立つような『物語』を欲しているのだから。ヴァレンティア公とルイーザ皇女の政略結婚は、あっという間にロマンス小説や劇になって広く知れ渡った。

民のヴァレンティア公への印象が、『魔王のような侵略者』から『皇女の愛で改心した元魔王』へと変わっていったのである。

むろん、ポタヴィス襲撃がまったく恨みを残していないわけではない。このめでたい騒ぎの中でも、やはりヴァレンティアを詰る声もある。だが襲撃者とはいえ、この政略結婚をもってして、結果的には友好国となるヴァレンティア公国に対して、大っぴらに怨嗟《えんさ》の声を上げる者はいなかった。

ポタヴィスの港には多くの人々が押し寄せ、皇女の門出を一目見ようと人だかりができていた。人々が指をさす先には、真っ白いドレスを着た可憐な皇女が、大柄なヴァレンティア公主に寄り添う姿があった。

「ほら見て！　船の甲板に、皇女様が！」

「おお！　なんてお美しい！」

「ヴァレンティア公主様も、なんて美丈夫なの！」

「まるで物語の騎士とお姫様のようだねぇ」

口々に褒めそやす民に、ヴァレンティア公主と皇女は笑顔で船上から手を振っていた。

＊＊＊

「見て。もうあんな遠くになってしまったわ。海から見ると、ポタヴィスってとても美しい街なのね」

蒼く輝く海の向こうに遠ざかる陸地を指して、最愛の妻ルイーザが呟いた。

ガイウスは彼女の指さす方向を見遣り、目を眇める。

海の深い群青色と、空の抜けるような青の中に、浮かび上がるようしてポタヴィスの白い街並みが見えている。

「ポタヴィスの建物は漆喰が塗られているからな」

あの辺りの土壌には石灰が豊富に含まれているのだ。

「ああ、それで建物が白いのね」

ルイーザが眩しそうに目を細めながら頷いた。

美しく結い上げられた頭から零れた白金色の後れ毛が、潮風になぶられて揺れている。

ガイウスは彼女の華奢な身体を、背後から包み込むようにして抱き寄せた。

ルイーザは嫌がる素振りを見せず、フフッと小さく笑い声を立て、ガイウスの胸に身体を預けてくれた。

「……寂しいか？」

一応訊ねてみた。

今度こそ永遠にガイウスの妻として、故郷を離れヴァレンティアに骨を埋めることになるのだ。寂しいと感じていて当然だ。だがガイウスは狭量なので、自分が傍にいるのに寂しいなどと思ってほしくないと心の裡では思っている。

ルイーザはガイウスの顔を見上げると、にこりと口の端を上げた。紫水晶の瞳が、悪戯っぽくキラリと輝く。

「いいえ？　全然」

「――そうか」

意外な答えに瞬きをしてしまったが、嬉しい驚きだ。そうかそうか、と相好を崩していると、ルイーザがやれやれとため息をついた。

「寂しいなんて思っている暇などないもの。放っておくとすぐに我慢できなくなって、妻を攫って監禁するような夫がいるのに、おちおち寂しがっていられるわけがないでしょう？」

どうやらあの時のことを根に持っているらしい。直球の嫌みを言われて目が点になったが、愛しい妻が楽しげに微笑んでいるので、まったく腹は立たない。いつだってルイーザはかわいらしいが、笑っていると一層かわいらしいのだ。この笑顔がこれからずっと傍にあるのだと思うと、ガイウスの胸には光のような歓喜が広がっていく。

「そういえば、ヴァノッツァは無事にアドリアーチェへ辿り着けたのかしら」

ルイーザがその名を口にしたのは、バラドでの数日間を思い出したせいだろう。

「ああ。アドリアーチェでロレンツォ殿の庇護のもと、悠々自適に暮らしていると、この間連絡が来た」

ガイウスが答えると、ルイーザはホッとしたように微笑んで頷いた。

「そう、それは良かった。ヴァノッツァにはお世話になったもの。わたくし、彼女のこと好きよ。これまでずっと苦しい人生を送ってきた人だから今度こそ自由に生きて、幸せになってほしいわ」

どうやらガイウスが想定していたよりも、ルイーザはあの義姉との仲を深めていたらしい。たとえ相手が女だろうが、ルイーザの口から『好き』などという言葉を引き出すヴァノッツァに、軽く殺意を覚えてしまう。

もちろん、それを実行するほどガイウスは無節操ではないが。

どうせもう二度と会うことのない人間だから、抹殺するまでもないだろう。

バラドの隠れ家に閉じ込めておいたルイーザの身柄が、シャリューレの捜索隊に保護されることは、当初から予定されていたことだった。ガイウスとロレンツォが皇城に襲撃をかけた時に、彼女の姿がそこになくてはならなかった。そうでなければ、『最初からシャリューレ神聖国には、アドリアーチェとの政略結婚を成立させる気がなかった』という図式が成立しないからだ。

皇軍にバラドの隠れ家を襲撃された後、ヴァノッツァはガイウスたちと合流することなく、単独でアドリアーチェを目指していた。

彼女が単独で行動した理由は、シャリューレの監視が付いたせいもあるが、元々ヴァノッツァと行動を共にするのはバラドまでという計画だったためだ。

ルイーザをバラドに留めておくために、口が堅く裏切らないと信用できる女が必要だった。その役目を担えそうなのが義姉しかいなかったのでバラドで仕事をしてもらったが、本来ならヴァノッツァはもっと早くにアドリアーチェ入りできていたのだ。

彼女には十分な金とアドリアーチェへの通行手形を渡してあった。

ちなみに、隠れ家にバラドを選んだのはそのためだ。ルイーザ誘拐によってシャリューレとアドリアーチェ間の情勢が悪化したため、その関所は当然行き来ができなくなる。エランディア王国付近に位置するバラドであれば、エランディアからアドリアーチェへ向かうルートが使えるからだ。

「ヴァノッツァに会いに、いつかアドリアーチェにも行ってみたいわ」

「だめだ」

ルイーザの呟きに即答すると、彼女は呆れた顔でこちらを睨んできた。

「どうしてそう嫉妬深いの。ロレンツォ様とは別に何もなかったと言ったでしょう？」

別にロレンツォとのことを疑っているわけではなかったが、ガイウスはむっつりと口を閉じる。ロレンツォも気に食わないが、明らかにルイーザの好意を得ているヴァノッツァの方が気に食わないのだと言えば、きっと更に呆れられるだろう。

ルイーザはため息をついた後、子ぎつねのような身のこなしでスルリとガイウスの腕の中から逃れる。そして白いドレスの裾を潮風に靡《なび》かせながら甲板の中央に立つと、両手を広げて深呼吸した。

「ねえ、船ってとっても素敵だったのね！　わたくし、馬車は苦手なの。ガタガタと揺れるし、狭いし、動けないのだもの。その点、船は素晴らしいわ！　景色も良いし、潮風も心地よいし、なによりとっても広くて自由だわ！　ほら、ここでワルツも踊れてしまいそう！」

はしゃいだ声で優雅にステップを踏む姿は、まるで妖精のようだ。

眩しい気持ちで彼女を見つめながら、ガイウスは頷いた。

「君が船酔いしない性質で本当に良かったよ」

「あら、そうね。前に乗った時も酔わなかったわ」

ルイーザはステップを踏む足を止めて、懐かしむようにして言う。

前に乗った時というのは、十二年前にヴァレンティアからシャリューレに帰国した時のことを言っているのだろう。

「あの時は悲しくて泣いてばかりいたけれど……ホフレがいてくれたから、乗り越えられたのよ」

ルイーザが愛犬の名を口にすれば、自分の名前が呼ばれたことがわかったのか、脇の方で伏せていたホフレが返事をするように「バウ！」と吼えた。

ガイウスはホフレの傍に歩み寄り、その頭を撫でてやる。

「長い間、よくやってくれたな。私の代わりにルイーザを守ってくれてありがとう」

ガイウスの言葉に、ホフレは満足そうに鼻を鳴らした。

あの別れの時、この愛犬にルイーザを託したのは正解だった。彼女を守らせるため、という意図もあったが、本当の目的は、自分を忘れさせないことだった。ガイウスと兄弟のように育った愛犬が傍にいれば、ルイーザがガイウスを忘れることなどできないはずだから。

（定期的にホフレの首輪に手紙を巻き付けさせたのも功を奏したな）

念には念を、というわけだ。手紙を巻き付ける役目を果たしてくれたのは、優秀過ぎる諜報員である元傭兵隊長、千人切りのジュリアーノである。存在感のなさを利用し、ジュリアーノはしょっちゅうシャリューレ神聖国の城に忍び込んでいたというわけだ。

「ねえ、あなた、ホフレに手紙を運ばせていたでしょう？　あれはどうやっていたの？」

タイミング良くルイーザが訊いてきたので、ガイウスはフッと笑ってしまった。

「……ヴァレンティアに着いたら、たくさんのことを話そう」

ルイーザには、これまでのすべてを話して聞かせるつもりだ。自分がなにをして、どんな人たちの助けを借りて、彼女に辿り着いたかを。

――だが今は、そんなことを説明するよりも、彼女を取り戻したという実感に浸っていたかった。

「まあ。今ではダメなの？」

案の定、ルイーザはガイウスの返事に不満そうに口を尖らせたが、別段機嫌は悪くなさそうだ。船の上が相当お気に召したのか、また軽やかにステップを踏み始める。

彼女が動く度、ヒラ、ヒラ、と白いドレスがひらめいた。細い足首がドレスの裾から垣間見えて、ガイウスは小さくつばを飲み込んだ。

無邪気に踊っているだけのつもりのルイーザは、自分が今、夫の劣情を煽っているなど思いもしないのだろう。困ったものだ。だが妻のその危うさを注意するどころか、どうやって食べてやろうかと密かに舌舐めずりしている自分も、相当に性質《たち》が悪い夫だ。

（ルイーザはそのままでいい。君に近づこうとする男はすべて、私が消してあげるから）

危機感など覚えなくていい。彼女に降りかかるものは、雨だろうが槍だろうが、不運であろうが、許せるはずがない。すべてこの手で捻り潰し、排除してやる。

そうしてルイーザはなにも変わらず、ありのままで、ガイウスを愛してくれればいい。

ガイウスに撫でられて大人しくしていたホフレが、ルイーザに名を呼ばれてそちらへ駆けていく。じゃれつくように飛び掛かってくる愛犬を、両手を広げて抱き留めながら、ルイーザが声を上げて笑った。

（……そうやって、私の傍でずっと、笑っていてほしい）

愛する人の笑顔に、ガイウスは胸を押さえた。望んで望んで、ようやく得た現実を前に、呼吸が苦しい。ルイーザが自分の傍で幸福そうに笑っている――そのことが、胸が痛むほど嬉しかった。

「そのドレス、良く似合っているね」

ガイウスはルイーザの着ているドレスを指さして言った。

レースをふんだんにあしらった、豪華な作りの白いドレスは、色素の薄い彼女によく似合っている。皇女の門出だからと、シャリューレ皇帝が奮発したのだろう。

ガイウスの台詞に、ルイーザが悪戯っぽい笑み浮かべた。

「あなたがウェディングドレスを脱いでしまうことをとても残念がっていたから。少しでも近いドレスをと思って、この色にしたのよ」

なるほど、とガイウスは頷く。

二人はシャリューレの大聖堂で結婚式を挙げた後、間を置かずポタヴィスへ向かった。シャリューレ皇帝はもう少し滞在を延ばしてはどうかと言ってきたが、ガイウスがそれを許さなかった。公主である自分がこれ以上長く国を離れているわけにはいかない、というのは建前で、一刻も早くルイーザを自分の国へ連れて帰りたかったのだ。

「確かに、結婚式の時の君はまるで女神のようだった」

結婚式の時の彼女の姿を脳裏に思い描き、ガイウスはうっとりと呟く。

古風なデザインのウェディングドレスは、元は母親のものだったらしい。それを手直ししたらしいのだが、彼女にとてもよく似合っていた。白金髪に菫《すみれ》色の瞳という、シャリューレ皇族の特徴である色彩を持つルイーザは、普段からどこか浮世離れした印象の美貌の持ち主なのだが、そのウェディングドレスを身に纏った彼女は、神秘的なまでに美しかった。

だからずっと見ていたいと思い、ついそれを彼女に言ってしまったのだ。

「あれほど美しかったのに、脱いでしまったなんて、もったいない……」

ぶつぶつと文句を言うガイウスに、ルイーザが肩を竦める。

「そうは言うけれど、ウェディングドレスは装飾が多すぎて、とても窮屈なのよ。ヴァレンティアまでの長い旅路の間、あんなものを着てなんていられないわ」

ルイーザの言うことはもっともだ。もっともだが違う。そうじゃない。

「どうしてウェディングドレスを脱がすのが私でないのか。まったく解せない」

「……あなたったら、何を言っているの……」

ルイーザは呆れ返ったように言ったが、ガイウスが一番口惜しいのはそこだった。

ウェディングドレスを脱がせるのは、花婿の特権なのだと思っていた。あの美しくも神聖な姿から、一枚、また一枚と花びらをちぎるようにしてこの手で衣を剝ぎ取り、生まれたままのルイーザを暴くのを想像すると、頭がおかしくなるほど胸が沸き立つ。

とはいえ、結婚式当日に帰国することを決めたのはガイウスだ。仕方ない。

初夜をシャリューレで迎えたくなかったのだ。もう彼女の純潔はもらってしまっているが、名実ともにルイーザを妻とした上での最初の夜を初夜だとガイウスは思っている。

結婚式をシャリューレで挙げることは、皇帝のたっての願いだったため仕方なく聞き入れたが、初夜だけは譲れなかった。

真に自分の妻となったルイーザを初めて抱くのは、自分のベッドの上であってしかるべきだ。父親とはいえ、他の男のものである場所でなど、とんでもない。

顰め面をするガイウスに、ルイーザがため息をついて傍に歩み寄る。

「ねえ、だから少しでもウェディングドレスに近いものをと、このドレスを着たのよ。もういいでしょう？　機嫌を直してくださいな」

宥めるようにガイウスの頬を撫で、下から覗き込むように見つめてくるルイーザは、自分の上目遣いがガイウスに効果があることを理解してやっているに違いない。

キラキラと光る紫水晶の瞳に胸を鷲摑みにされながら、ガイウスはチッと舌打ちをした。葛藤である。

自分がルイーザの掌の上で転がされているような気がする。にもかかわらず、それも悪くないと思っているのだから、間違いなく転がされている。むろんルイーザになら構わないのだが、彼女にチョロい男だと思われるのも少々遺憾《いかん》なのである。

さてこの局面でどうするか、と思案しつつ彼女を見下ろすと、愛らしい顔の下に、ドレスの襟からまろやかな乳の谷間が垣間見えた。

「…………」

そのまま沈黙するガイウスに、ルイーザが怪訝な表情を浮かべる。

「どうしたの？」

「……ならば、そのドレスは脱がせてもいいということだな」

「え……」

ポカンとするルイーザに、ガイウスは口の端を吊り上げて笑みを作ると、彼女の膝と背中に腕を回してヒョイと抱き上げた。

「きゃっ……、な、なに？　ガイウス！」

急に抱き上げられて怖かったのか、ルイーザがガイウスの首にしがみついてくる。仔猫のようなその仕草に庇護欲を擽られながらも、今は彼女を庇護するよりも貪りたい。白金色の柔らかな後れ毛が躍る細い首筋に鼻を埋め、思い切り吸い込むと、熟《う》れた桃のような甘やかな匂いがした。ルイーザの肌の匂いだ。

「桃みたいな体臭だな」

うっとりと呟けば、匂いを嗅《か》がれていることに気づいたルイーザがビクリと背筋を震わせる。

「いやだ、何を嗅いでいるの！　やめてください、ガイウス！」

「いい匂いだ」

「変態！」

変態、大いに結構。妻の匂いを嗅いで何が悪い。夫の特権である。

ガイウスはそう思ったが、口に出せばルイーザから反論が出てくるのは目に見えているので黙っていた。

顔を真っ赤にして怒ったルイーザがぽかぽかと胸を叩いてくるが、仔猫がじゃれついてきているようなものである。まったく意に介さず、ガイウスはルイーザを横抱きにしたまま足早に歩き始める。

大きな船とはいえ、所詮は乗り物だ。少し歩けば人がいる。無論、ヴァレンティア海軍の軍人たちである。皆、ルイーザを抱えて闊歩《かっぽ》するガイウスを見て目を丸くしている。自国の公主が公衆の面前でいちゃつけば、戸惑って当然だ。他国ならば、皆が見て見ぬふりをする場面だが、相手がヴァレンティア海軍となれば話は別である。

なにしろ、大半が元海賊である。規律正しい他国の軍人たちとはわけが違うのだ。ルイーザを抱えて歩くガイウスを見ると、面白がって囃《はや》し立て始めた。

「おっ、公主様、昼間っからお熱いねぇ！」

「お盛んですなぁ、公主様ァ！」

公主に対してとは思えないほど気安い口調で、手を叩いてやんややんやと盛り上がる。中には口笛を吹く者までいた。

上品とは言えないからかいに、腕の中のルイーザは目を白黒させている。顔はもちろんりんごのように真っ赤だ。

「おいおい、お前らァ、いい加減にせんかァ！　高貴な淑女《レディ》の前だぞ！　口を慎《つつし》め！」

そんな中、一際野太い声で叱咤する声が聞こえてきて、男たちの騒ぎはピタリとやんだ。

カンカンという足音を立てて、階下から甲板へ上がってくる壮年の男は、ヴァレンティア海軍の将軍にして元海賊、フェリペ・ロドリゲスだ。伸び放題の顎髭に眼帯という強面に、ルイーザが小さく息を呑むのがわかった。

「ルイーザ、彼はグランデージ総督であり、この船の艦長でもあるフェリペ・ロドリゲスだ」

怯えさせないように紹介すれば、ルイーザは慌てたようにもがき始める。

「ルイーザ、動くな。危ない」

落としてはいけないから、より一層しっかりと抱えてやると、ルイーザはキッとこちらを睨みつけてきた。

「お、降ろしてください！　挨拶ができないわ！」

「嫌だ」

「い、嫌ですって……？」

「何故降ろさねばならない。このままでも挨拶はできる」

「な……」

ガイウスは至極当然のことを言っただけなのに、ルイーザは唖然とした表情で絶句してしまった。

するとそれを見物していたフェリペが、弾けるように哄笑《こうしょう》する。

「ぶはははは！　こりゃあ、実に見物だ！　魔王公主殿の、こんな腑抜《ふぬ》けた顔を拝めるなんてなァ！　ヒィ、腹が痛ェ！」

腹を抱えての大笑いだ。絵に描いたような抱腹絶倒《ほうふくぜっとう》である。

海賊王と呼ばれた強者だけあって、フェリペの言動にはガイウスへの遠慮は一切ない。一回り以上年上なので、まるでガイウスを息子のように扱いすらする。

「魔王公主……？」

フェリペの台詞の中に出てきた二つ名に、ルイーザが反応を示した。訝るように眉根を寄せている。

そう言えば、あまり名誉なあだ名とは言えない。今まで気にしたこともなかったが、ルイーザが嫌がるようならばこれからは使用禁止にするべきかと思っていると、フェリペがニヤニヤと笑いながら説明する。

「あんたの夫のことさ。『海の悪魔』と呼ばれたこの俺を手先にしやがったことから付いたあだ名ですよ」

ルイーザも『海の悪魔』と呼ばれた大海賊のことは知っていたようで、目をまんまるに見開いてフェリペを凝視する。

「……ロドリゲスって……じゃあ、あなたは……」

ルイーザの驚きに、フェリペはただ肩を上げて見せた。

ガイウスは黙ってそのやり取りを眺めていたが、あまり気分は良くない。愛妻が自分以外の男と見つめ合っている光景など、好んで見たいものではないだろう。

むっつりと唇を引き結び、ルイーザを抱えたままクルリと背中を向ける。

「え、ガイウス？　これでは総督のお顔が見えないわ」

戸惑った声でルイーザが訴えてきたが、にべもなく言い捨てた。

「見なくていい」

「何を言っているの。そんな失礼な真似……」

「夫の前で他の男と見つめ合うのは失礼ではないのか」

「……？　……!?」

最初、ルイーザは言われていることの意味がわからなかったようで、不思議そうにこちらを見上げていたが、やがてようやく理解したように眦を吊り上げる。

「他の男って、総督はあなたの部下でしょう！」

「男は男だ」

「頭がおかしいの!?　いいから降ろしてください！　総督に挨拶しなくては！」

すると、キャンキャンと吼《ほ》えるルイーザと不機嫌なガイウスのやり取りを聞いていたフェリペが、乾いた笑みでヒラヒラと手を振りながら言った。

「いやぁ、お姫様、挨拶はまた今度で……。今はその魔王様を満足させてやってくださいよ……」

その台詞に、ガイウスはにっこりと笑みを浮かべる。

「いい心掛けだ、フェリペ」

「ま、満足って……、あっ、ガイウス、どこへ……！」

再びスタスタと歩き始めたガイウスに、ルイーザが訊いてきたが、敢えて答えを言わないまま足早に歩を進めた。後ろからまた囃し立てる声が聞こえてきたものの、さすがに追ってくる勇気はないようだ。ガイウスの後ろを付いてくる足音は、トタトタという軽快なホフレのものだけだ。

辿り着いたのは、この船で一番豪華な寝室だ。

むろん、ガイウスとルイーザが使う部屋である。

ルイーザを抱いたまま片手でドアを開くと、ホフレが入ろうとするので「待て」と制止する。賢い愛犬は主人の命にすぐさま応じ、ピタリと歩みを止めて見上げてきた。

「お前は外だ。誰も入って来ないように見張ってくれ」

誰も入って来ないのはわかっているが、今は愛犬にも邪魔をされたくないのだ。

ガイウスの命令に、ホフレは尾を振りながら一吼えし、ドアの前でその身体を伏せた。

「いい子だ」

ニコリと笑って褒めた後、ガイウスはルイーザと共に寝室の中へと入った。

＊＊＊

寝室に入った途端、横抱きにされたままガイウスに唇を奪われた。噛みつくような荒々しいキスに痛みすら感じたものの、ルイーザは黙って受け止めた。

自分も同じくらい彼が欲しかったからだ。

舌を絡め、擦り合わせながら、ガイウスがベッドへと歩を進める。

だがキスに夢中になっているせいで、ベッドまでなかなか辿り着けない。早く抱き合いたいのに、キスもやめたくない。

悪循環に二人とも焦れながらも興奮だけ煽られて、ベッドに辿り着く頃には、お互いに荒い呼吸を繰り返していた。

ガイウスが引き千切るようにしてドレスを剝いていく。ウェディングドレスを脱がせたかったとついさっき言っていたくせに、いざとなるとドレスなどまったく見えていないようだ。

それがおかしいのに、今のルイーザには笑う余裕などなかった。

ガイウスが早く欲しくて堪らなかった。

ルイーザはガイウスの首に腕を絡ませてキスに応えつつ、自分も手探りで彼の服を脱がせていく。ガイウスがそれを手助けするように肩を揺らし、コートを脱ぎ落とした。キスをしながらのせいか、指が上手く動かない。それでも懸命にボタンを外していると、ルイーザの服を脱がせ終わったガイウスが、自分でサッと脱ぎ去ってしまった。

そのままボスリと二人でベッドに腰かけた。

船の寝室のベッドは狭く、ひどく軋んだ音を立てたが、まったく気にならなかった。

子どものようにガイウスの膝の上に乗せられて、キスを続ける。

抱き締め合うと、肌と肌が直に触れ合って、そのすべすべした感触が愛おしい。彼の胸に掌を当てて、その筋肉の隆起を楽しむように撫でていると、ガイウスがルイーザの乳房を摑んだ。大きな手に包み込まれる感覚に、うっとりとなる。

「気持ちいい……」

「気持ちいいな……」

唇を触れ合わせたまま、同時に同じことを呟いて、二人はまた同時に笑う。

今自分たちが感覚を共有しているのがわかって、だがそれを不思議とは思わなかった。

これはお互いを嵌め合わせて、一つにする行為なのだから。

見つめ合うと、ガイウスが微笑む。銀色の瞳が欲情にギラギラしていたけれど、奥にある色はとても甘い。

二人とも息が上がっていて恥ずかしいくらいだったけれど、お互いを欲しいと思う気持ちの方がはるかに強かった。

ガイウスが乳房を揉みながら、腰を揺らして反り返った熱杭をルイーザに擦りつける。

その硬さと熱さに、自然と身体の芯が熟れてトロリと溶け出すのがわかった。

「ルイーザ……」
ハ、と熱い息をルイーザの耳に吹きかけながら、ガイウスが囁く。それだけでも敏感になっているルイーザの身体はブルッと震えた。
「んんっ……」

「かわいい、ルイーザ」

ガイウスが耳を舐め、首筋に噛みつく。触れられる場所すべてが気持ちよかった。

熱したはちみつのような甘い快感の中を漂いながら、ルイーザは自ら腰を揺らしてガイウスのものを刺激する。

ねちゃ、という粘着質な水音がして、ガイウスがクッと喉を鳴らした。そうして確かめるようにルイーザの下肢の付け根へ手を伸ばすと、溢れる愛蜜を指ですくい取って見せつけてきた。

「まだ触ってもないのに、もう濡れている」

嬉しそうに言って、ガイウスはその指をベロリと舐める。

自分のものを目の前で舐められて、さすがにカッと頬を赤らめたルイーザは、慌ててその手を摑んだ。

「いや……恥ずかしい……」

「どうして。甘いよ」

ガイウスは意地悪く笑い、ルイーザの乳房に顔を寄せる。

「ルイーザはどこもかしこも甘い。……この赤い実も、すごく甘そうだ」

そう言って、既に立ち上がった乳首を口に含んだ。熱い口内でコロコロと転がされ、もう片方は指でぎゅ、ぎゅ、と捻られて、両方への刺激にルイーザは甘えた声が漏れる。

「あっ、んん～っ、ん、あ……」

ガイウスは左右交互に吸いながら、片方の手でルイーザの陰核を擦り始めた。

優しく撫でて擦られると、お腹の奥がドクドクと疼く。

与えられる快感に頭が沸騰しそうになりながら、ルイーザはもっと欲しくて、自分からガイウスの手に押し付けるように腰を浮かせた。

「いい子だね、ルイーザ」

ガイウスがうっそりと笑い、弄っていた陰核を強く摘まむ。

バチッと音がしそうなほど強い快感が弾け、ルイーザは悲鳴を上げて背を弓なりに反らした。

「ああ――――ッ」

反動で後ろに倒れ込もうとする身体を、ガイウスの腕が支える。そのまま彼の胸に身を寄せて、ルイーザは絶頂の余韻に浸った。

じんじんと四肢が痺れて、心臓がドクドクと鳴っている。うっすらと汗をかいた背中を、ガイウスの大きな手が撫でた。

「まだ終わりじゃないよ」

やんわりと続きを促され、ルイーザはノロノロと身体を起こす。陶然とした顔に、ガイウスが啄むだけのキスをいくつも落として、耳に直接吹きかけるようにして囁いた。

「もう少し頑張って」

艶やかな低音に、ルイーザのお腹の中がきゅんと疼く。

ガイウスの手が柳腰を掴み、はち切れそうなほどに膨れ上がった熱杭を、濡れそぼって糸を引く蜜口に宛てがう。

「あ……」

ルイーザは期待に満ちた目で、その光景に見入った。

欲しかったものを与えてもらえると思うと、胸がどきどきと高鳴る。

ぐぷり、と張り出した亀頭が浅い部分に嵌まり込み、それから一気に突き上げられた。

「ひぁああっ」

ガイウスの熱杭は太くて、石のように硬い。それで自分の内側を押し広げられると、身体中の血が沸騰したかのように熱くなった。

膣内《ナカ》を満たす圧迫感に身を震わせるルイーザを、ガイウスが全身で包み込むようにして抱き締めた。

大きな手で背中を撫でられると、自分を侵す雄への本能的な恐れが消え去り、幸福感がじんわりと湧き上がってくる。

「……すまない。我慢できなかった。大丈夫か、ルイーザ」

気遣わしげに謝る声に、きゅんと胸が鳴った。愛する男に小さな優しさを一つでも見せられると、この心臓は容易く高鳴るのだから、我ながら簡単すぎる。

だが愛とはそんなものなのかもしれない。

ルイーザはコクリと頷いて、自分の下腹部に手を置いた。いつもは平らな下腹が、ガイウスの肉棒が入り込んだことでぷくりと膨れている。手で押さえると、より彼の存在をはっきりと感じて、自分の蜜筒がぎゅうっとうねるのがわかった。

「……っ」

ガイウスが小さく息を呑むのに気づいて、ルイーザは目を上げる。

ガイウスの銀色の目がギラギラと光っていた。込み上げる欲望を抑えようとしているのか、顎を引いて奥歯を噛み締めている。

雄の肉欲を目の当たりにして、ルイーザの身体の奥がじゅわりと熱く疼いた。

（……もっと欲しい。もっと……！）

喉が渇くような感覚に、とろりと胎が蕩ける。愛蜜が溢れ出し、充血して膨れ上がった肉襞が、隘路をみっちりと満たす熱く逞しい雄芯に愛おしむように絡みついていく。

「……ここに、あなたが入っているのが、すごくよくわかるの」

ルイーザは、うっとりと腰をくねらせながら囁いた。

自分の膣内に嵌まり込んだガイウスの雄芯を、愛しいとさえ感じる。ガイウスを愛しいと感じたことは多々あるが、その一物にまでそんなことを思う日が来るなんて。

純粋無垢だった頃のルイーザが聞けば、卒倒するような話である。

だが愛する者と睦み合う悦びを知った今は、それが恥ずかしいことではないと思えた。

愛し合う者同士が肉欲を満たし合う行為は、とても美しいものだ。

「ああ、ルイーザ……」

ルイーザの動きに合わせて、ガイウスが恍惚と息を吐きながら腰を突き上げる。

二人の動きは段々と速さを増していった。

腰を上下する度、張り出したエラの部分で媚肉をこそがれ、むず痒いような疼きが下腹部に溜まっていく。掻き回された愛液が泡立って、どろりと接合部から溢れ出し、ぐちゃぐちゃと粘着質な水音を立てた。

熱い。合わさった粘膜から、互いが溶け出して混じり合っているかのような感覚だった。

このまま甘く溶け合って、一つになってしまいたい――。

「ルイーザ……」

熱い吐息と共に名を呼ばれ、ルイーザはとろりと瞼を開く。快感を味わっていたら、いつの間にか目を閉じてしまっていたらしい。

目にうっすらと涙の膜が張っていて、その向こうに融《と》けた銀の瞳があった。

（ああ……この人が好き……）

今、自分が抱き合っているのが、ガイウスで良かった。

一歩間違えれば、ガイウスではなかった可能性があったのだと思うと、この幸福に全身が戦慄いた。

「ガイウス……愛しているわ」

両手を伸ばして彼の頭を掻き抱くと、そのまま口づけられた。

舌を差し入れられ、激しく舐られながら、下からもずんずんと突き上げられる。硬い切先で子宮の入口を何度も何度も捏ねられて、重怠い痺れが熱い愉悦へと変わっていった。

「ん、んん、ぅあ、は、あああ！」

快楽に、頭の芯が焼き切れそうだ。

ルイーザはガイウスの太い首にしがみつきながら、あられもなく鳴いた。

激しい抽送に太腿がガクガクと戦慄く。厚い胸板と密着した胸の先が、上下する度に擦られ、甘い疼痛が加わった。

「ああ、ルイーザ！」

歯を食いしばるようにガイウスが呻き、ズン、と一際重い一突きで最奥を抉られる。

バチ、と目の裏に白い光が飛んで、ルイーザは高みに駆け上がった。

「――ああっ……！」

背を仰け反らせて絶頂を迎える華奢な身体を抱き締め、ガイウスもまたルイーザの膣内で弾ける。太く硬い肉茎がびくびくと震えるのを感じながら、ルイーザもガイウスの逞しい身体を抱き締めた。

最愛の伴侶をようやく取り戻した幸福に浸りながら――。

番外編　手形

薄紫の花弁が、青い空に舞っている。

上を見上げると、尖った顎が見えた。

（――ああ、これは夢ね）

ルイーザはうっとりと思う。

この光景が大好きだった。この世で一番愛しいガイウスの腕の中にすっぽりと収まり、リラの花を見るふりをして彼の顔を仰ぎ見るこの瞬間、どんな時よりも幸福を感じるし、安心できるからだ。

『ガイウス』

呼びかけると、彼はこちらを見下ろしてくれる。

冷たく見えがちな灰色の瞳が、自分を見る時だけ優しい甘さを含むのだ。それが見たくて、何度も呼びかけてしまう。煩わしいだろうに、彼はそんな素振りを見せず、いつもちゃんとルイーザの呼びかけに応えてくれるのだ。

『ルイーザ』

ガイウスが少年特有の高い声で名前を呼んだ。それだけで嬉しくて胸が弾む。

『大好きよ、ガイウス。ずっと、ずっと一緒にいてね……』

ついそんなお願いをしてしまうのは、離れ離れになってしまった過去があるからだ。会いたくて会えなくて、寂しくて苦しかった日々は、その後にどれだけ幸福な時間を重ねても、記憶から消し去ることはできない。

だがガイウスも、それと同じくらい強く自分に会いたいと思ってくれていた。彼が自分を取り戻すためにしてくれたことを、ルイーザは生涯忘れることはないだろう。

『ルイーザ』

名を呼ぶ声が低いものに変わって、ルイーザはパチリと瞬きをする。

すると目の前にいるのが、少年のガイウスではなく、大人になった今のガイウスになった。可愛らしさの残る丸い顔が精悍な美貌に変わり、ルイーザに微笑みかけてくる。

『愛している、ルイーザ』

艶やかに囁きながら、その美貌が近づいてきた。口づけられるのだと思って目を閉じると、いきなり下半身に強烈な快感が走って目を剝いた。

「きゃあっ！」

自分の悲鳴でバチリと目を開いたルイーザは、目の前に美しすぎる夫の顔があってもう一度悲鳴を上げた。

「きゃあああっ！」

「おはよう、ルイーザ」

妻の絶叫などものともせず、ガイウスがにこやかに挨拶をする。

その穏やかな口調と裏腹なのは、彼の額に浮いた汗だ――いや、それだけではない。

ルイーザは明らかに違和感のある場所へと視線を移していく。まず視界に映ったのは、夫の全裸だ。引き締まった筋肉質な肉体は、もう見慣れたものではあるが、何故夜着を着ていないのかと叱りつけたい。

だがルイーザはその衝動をグッと堪えた。ガイウスはまぜっかえすのが得意だ。下手に声をかければ、自分の知りたいことに辿り着く前に、彼に良いようにされてしまうのは目に見えている。

奥歯を嚙んで視線を下げたルイーザは、今度こそ怒りと動揺の声を上げた。

「あ、あなた、一体なにをしているの……!?」

ルイーザが目にしたもの――それは、白いルイーザの太腿を抱え、彼女の脚の付け根に己の男根を突き挿している夫の姿だったのだ。しかもルイーザは夜着をしっかり着ていたはずなのに、ガイウス同様生まれたままの姿にさせられている。

「え、ど、どういう……!?　わ、わたくし、一人で眠っていたのに……!?」

ルイーザは混乱を極めながら叫ぶ。

そう、昨夜は夫婦の寝室ではなく、ルイーザの寝室で休んだはずだ。

ヴァレンティア城の主寝室には、夫婦の寝室の他、夫と妻それぞれの寝室が用意されている。結婚してからずっとガイウスと同じベッドで眠っていたので使ったことはなかったが、たまには一人で眠るのもいいだろうと思ったのだ。ルイーザも公妃として多くの公務をこなしているが、ガイウスはその倍以上のことをやっている。さぞかし疲れているだろうと思うのに、夜の営みがない日の方が珍しいのである。

(ガイウスにも、休む日が必要でしょうし……)

と思いつつ、実のところは自分が休みたいルイーザであったが、ともかくそんな理由で昨夜は別々に眠ったはずだったのだ。

それが、目を覚ましてみればいたしているまっ最中なのだから、混乱しても仕方ないというものだ。

あまりのことに愕然とするルイーザに、ガイウスが爽やかに微笑んで言った。

「眠ろうと思ってベッドに行ったのに、君がいなかったから驚いてしまった」

「お、驚いたからって……ひぁあっ！」

驚いたからどうしてこんなことになっているのか、と言いたかったルイーザは、ガイウスに腰を動かされて嬌声を上げた。

ガイウスは相変わらず笑みを浮かべたまま、ルイーザの両脚を大きく広げて激しい抽送を続ける。

「また君が逃げたのかと思って、近衛兵達を叩き起こすところだったよ」

「ぁあっ、あ、あっ、や、つよ……強い、あぁあっ」

「君の女官が青い顔で君が公妃の寝室で眠っていると教えてくれなかったら、今頃みんな大変なことになっていたかもしれない」

「ぃ、あぁああっ、ガ、ガイウスッ……！」

穏やかな口調を保っているが、ガイウスの腰の動きはえげつなかった。

速く重く狭い蜜路を抉っては、最奥の子宮の入口を角度を変えては突き回す。

「だめだろう、ルイーザ。逃げるような真似をしたら、私が度を超してしまうことくらい、わかっていないと」

「あっ、も、やぁ、逃げたり、なんかっ、ああっ……」

言葉を発そうとするのに、ガイウスは動きを止めてくれない。それどころかルイーザの胸の尖りを指で捏ね始めた。身体の内側を抉られ、敏感な胸の先を弄られ、快感に頭がおかしくなりそうだ。快楽に溺れかけながらも、どうして自分がガイウスから逃げるなどと思うのか、とルイーザは思った。

結婚してからもう二年だ。お互いに思い合ってようやく結ばれたのは、ガイウスだってわかっているはずなのに。

「逃げたりしていない？　でも、君はあの時逃げようとしただろう？」

ガイウスが言っているのは、バラドで軟禁された時のことだ。だがあの時ルイーザは事情をまったく知らず、なんとかして戦争を回避しなければと思っていたのだ。

「だ、だって、あれはっ……！」

「ああ、理由なんてどうでもいい。君が理解しなければならないのは、私から逃げる素振りを、金輪際見せてはいけないということだけだ。私から理性を奪っては危険だろう？」

くつくつとくぐもった笑い声を上げ、ガイウスが言った。

まるでさも正しいことを言ったかのようなご満悦の表情に、ルイーザは心の中で誓う。

(後で引っ叩いてやる！)

そして小一時間説教をしてやらねばならない。

ルイーザが逃げるかもしれないなどと、ガイウスが本当に思っているわけがない。

夫が自分のことに関しては頭のねじが外れていると、ルイーザは正しく理解している。

ガイウスはルイーザが彼を心から愛していることを一切疑っていないし、二人は結ばれる運命にあったのだと、下手をすればルイーザよりも信じている。

それでもこんなことをしでかしてみせるのは、ルイーザが自分の傍から離れようとするのを容認するつもりがないと言いたいからだ。それが、たった一晩別のベッドで眠るという些細な別離だったとしても、だ。

それを全部わかっていても、ガイウスの与える快楽に堕とされた身体は、ルイーザの意思に反して蕩け切っている。

「さあ、ルイーザ。私を愛してくれ」

ガイウスが悪魔のように甘く囁き、ルイーザを抱えるようにして律動を速めた。

「あっ、ひ、ああっ、ん、んぅ～、うっ、ん」

太い雁首で蜜襞を乱暴に擦られると、頭の奥を直撃するような快感が襲う。強い刺激に呼吸もままならず、喘ぐように上げる嬌声すら呑み込むように、ガイウスに唇を塞がれた。

視界が白く霞み始める。

憐れな蜜筒は健気に痙攣を繰り返して、自分を犯す剛直を宥めるように包み込んだ。

妻が果てそうになっているのを感じ取ったのか、ガイウスがうっとりと愛を囁く。

「ルイーザ……愛している」

文字通り快楽で蹂躙され息も絶え絶えになりながら、ルイーザは高みに駆け上がった。

――翌朝、ヴァレンティア公主の麗しい尊顔には、赤い手形が二つくっきりと浮かんでいたのだった。

あとがき

この本を手に取ってくださってありがとうございます。

タイトルにも「狂」とあるように、今作のヒーローは狂人です。恋のために世界を変えようとする男——非常にロマンティックではありますが、巻き込まれる周囲にとってみればはた迷惑極まりないですよね。彼は私の中でブルドーザーのイメージです（どんなよ）。

そんなガイウスを、狂おしいほど美麗に描いてくださったのは、憧れの幸村佳苗《ゆきむらかなえ》先生です。表紙のデータをいただいた時は、日本画のような艶めいた画風で描かれる美しく麗しいヒロインとヒーローに、雄叫びを上げてしまいました。あまりに、あまりに美しい……！

幸村先生、素晴らしいイラストをありがとうございました！

そして毎回毎回ご迷惑をおかけしております、申し訳ございません。担当編集者様。今回も大変お世話になりました！　息切れしそうになるたびに、尻を叩いてくださって本当にありがとうございました……！

この本が世に出るために ご尽力くださった全ての皆様に、感謝申し上げます。

そしてここまで読んでくださった皆様に、心からの愛と感謝を込めて。

春日部《かすかべ》こみと

Sonya
ソーニャ文庫

この本を読んでのご意見・ご感想をお待ちしております。

◆ あて先 ◆
〒101-0051
東京都千代田区神田神保町2-4-7 久月神田ビル
㈱イースト・プレス　ソーニャ文庫編集部
春日部こみと先生／幸村佳苗先生

狂奪婚《きょうだつこん》

2021年10月8日　第1刷発行

著　　者　春日部《かすかべ》こみと
イラスト　幸村《ゆきむら》佳苗《かなえ》
装　　丁　imagejack.inc
発 行 人　永田和泉
発 行 所　株式会社イースト・プレス
〒101－0051
東京都千代田区神田神保町２－４－７ 久月神田ビル
TEL 03－5213－4700　FAX 03－5213－4701
印 刷 所　中央精版印刷株式会社

ISBN 978-4-7816-9708-6
定価はカバーに表示してあります。